이영식 산문집

낯선 가을

대학입시 사회 탐구 과목을 강의하며 청춘을 보냈다. 당시 사회탐구 시험과목은 국사, 정치, 경제 등을 포함하여 열 과목이었다. 학원 강의 외에 과외를 하게 되면서 열 과목을 모두 준비해 수업하였다. 덕분에 세상을 이해하는 데 많은 도움이 되었다.

학원에서 학생들에게 들려주던 재미있고 교훈적인 이야기를 모아 글을 써보고 싶다는 생각이 불현 듯 떠올랐다. 글감을 모아서 쓰기 시작했지만 곧바로 한계에 부딪혔다.

소재를 바꾸어 주변에서 보이는 것들을 생각나는 대로 쓰기 시작했다. 거미를 통해 바라보는 생태계 문제, 정보화 사회에서 나타나는 사회문제 등은 상상력을 자극하며 글쓰는 재미에 푹 빠지게 만들었다. 환경, 문화, 정보화 사회 등 우리가 일상에서 보고 듣는 모든 것이 글감이 되었다.

계간 현대수필에서 '놀부의 변론'으로 신인상을 수상했다. 한국 문인협회 광주지부에서 활동하고 있으며 광주 에세이 동인회에서 회장으로 활동하며 동인지를 발간하고 있다.

이영식 산문집

낯선 가을

초판 발행일 2023년 9월 30일
초판 인쇄일 2023년 9월 30일

지은이 이영식
펴낸이 장문정
펴낸곳 도서출판 그림책
디자인 이정순 / 정해경
출판등록 제2010-000001
주소 경기도 수원시 영통구 이의동 웰빙타운로 70
연락처 TEL070-4105-8439 (010)2676-9912
E-mail : khbang21@naver.com

이영식 산문집

낯선 가을

낯선 가을

작가의 말

'거미야 밥은 먹었니'는 집 근처에 있는 소나무 가지에 거미줄을 치고 먹잇감을 기다리는 거미를 보고 쓴 첫 번째 수필이다. 모기를 비롯한 작은 벌레들의 개체수가 감소하면서 거미도 여러 겹의 거미줄을 쳤다. 마치 생존을 위해 사투라도 벌이는 모습이었다.

메뚜기, 송충이와 개구리 등의 개체수가 줄어들면서 이들을 먹이사슬로 하는 새와 뱀의 개체수도 현저하게 줄어들고 있다. 지구온난화와 더불어 우리 주변의 자연환경은 빠르게 변하고 있다.

자연환경이 빠르게 변하는 것만큼이나 우리 사회도 정신없이 질주하고 있다. 인공지능 기술이 발전하면서 대용량 데이터를 학습해 인간처럼 종합적인 사고를 하는 챗GPT의 등장은 미래사회는 더욱 빠르게 달릴 것이라는 예고편에 다름 아니다.

다양한 분야를 찝쩍대며 글을 썼다. 여러 과목의 사회 탐구 수능 시험 과목을 가르친 경험 때문일 것이다. 때로는 문제의식을 갖고 접근했고, 어떤 주제는 반성적 사고로 접근했다.

글을 쓴다는 것은 마치 과거와 미래가 현재에 놀러와 함께 한 바탕에서 노는 놀이와 같다. 현재가 있기에 과거와 미래가 존재한다. 결국 작가는 지나간 과거를 끌어오고 다가올 미래를 불러다가 현재라는 시점에서 글의 향연을 벌이는 마술사다.

뒤늦게 글쓰기에 빠진 남편의 글을 읽고 조언을 아끼지 않은 아내와 아빠의 새로운 도전을 온 맘으로 응원해준 두 딸 수련, 혜련에게 고맙다는 말을 전하고 싶다.

계간지 현대수필에서 '놀부의 변론'으로 신인상을 수상했다. 한국 문인협회 광주지부에서 활동하고 있으며 광주 에세이 동인회에서 회장으로 활동하며 동인지를 발간하고 있다.

이영식 산문집
낯선 가을
CONTENTS

1장 매미 울음소리가 듣고 싶다

2장   KTX에 올라탄 세월

3장 창밖의 세상

6장 고전 비틀기

이영식 산문집

낯선 가을

1장 매미 울음소리가 듣고 싶다

_____1 거미야 밥은 먹었니

더위가 한풀 꺾였지만 낮에는 그늘을 찾아다니고, 밤에는 시원한 바람이 그리운 8월말 경이었다. 늦은 저녁을 먹고 산책을 나섰다.

우리 동네는 상수원 보호구역으로 지정되어, 오염원을 배출하는 업종이 들어올 수 없는 농촌 마을이다. 서울과 가까운 지역이지만 많은 사람이 모여 살 수 있는 아파트 건설도 하수종말처리장의 처리용량이 적어서 허가가 나지 않는다. 낮에는 지역 주민과 외지에서 오는 차들로 번잡하지만 밤이 되면 한적한 시골 농촌 모습으로 돌아온다.

주택가 길은 정비가 제대로 되어 있지 않아 구불구불하고 길바닥도 울퉁불퉁하다. 하지만 주택가를 조금만 벗어나면 드문드문 서 있는 가로등 불빛 덕분에 벼가 다 자라서 이삭이 패인 벼가 익어가는 모습과 파란 고추와 붉은 고추가 주렁주렁 달린 고추밭을 볼 수 있어

야간 산책길을 즐겁게 한다.

굽어 돌아가는 길에는 어김없이 가로등이 있다. 밤길을 걸을 때 느껴지는 으스스함을 가로등 불빛 덕분에 안도하며 걷는다. 가로등 주변에는 서너 그루의 소나무가 보초를 서고 있다. 소나무 가지 사이로 거미줄이 보인다. 거미줄이 여러 겹 쳐져있고 거미줄 귀퉁이에서 서너 마리의 거미가 잠복을 하고 있다. 불빛을 쫓아 날아드는 날벌레가 덫에 걸리기를 학수고대 하면서 숨죽이며 기다리고 있다.

거미는 맛있는 식사를 기대하며 힘든 노동으로 덫을 놓았지만 주변에 날아다니는 벌레들이 보이지 않는다. 밤이면 불빛을 찾아 모기, 하루살이, 나방 등이 새카맣게 모여 들어야 하는데 가로등 불빛 주변은 정적이 감돈다. 그 많던 벌레들은 다 어디로 갔단 말인가. 거미줄에 먹잇감이 걸려들어야 거미가 배를 채울 수 있을 텐데.

바람마저 쉬고 있는 늦여름 밤, 가로등 주변에는 움직이는 생명체가 없다. 더위에 지친 소나무도 오늘은 미동도 없이 자리를 지키고 있다. 밤이 깊도록 거미줄 한 귀퉁이에서 이제나저제나 먹잇감을 기다리는 거미가 처연하다.

얼마 전 천진암 계곡 맑은 시냇물에서도 붕어, 피라미, 송사리, 소금쟁이, 물장구가 보이지 않아 놀란 적이 있다. 여름이면 밤꽃을 태운 연기로 모기를 쫓아내곤 했는데 산책하는 동안 몸에 달라붙는 모기도 없다. 풀 섶에서는 개구리가 팔짝 팔짝 뛰는 모습을 자주 보았는데 이제 개구리 뛰는 모습을 보는 일도 귀한 일이 되었다.

하버드대학교 지구 환경 문제 연구팀이 남태평양 무인도의 생태계

관련 연구결과를 발표했다. 1988년 사람이 살지 않고 접근도 하지 않는 남태평양의 섬을 선정하여 곤충의 종류와 개체수를 조사한 후 30년이 지난 2018년에 같은 지역에서 같은 방식으로 곤충의 종류와 개체수를 조사한 것이다. 결과는 충격적이었다. 3종류의 곤충은 발견할 수 없었으며 개체 수는 75~80% 정도가 감소하였다는 것이다. 연구팀은 지구 온난화가 주요 원인이라고 발표하였다.

지구가 지속적으로 더워지면서 곤충을 비롯한 생명체가 생존하기 힘든 환경으로 변하고 있지만 그들에겐 아무런 대안이 없다. 그 결과 지구 온난화에 적응하지 못하는 수많은 생명체가 소리 없이 사라지고 있다. 생태계의 하부구조를 담당하는 생명체가 지속적으로 감소한다면 생태계 정점에 있는 인간도 존재하기 버거운 상황으로 내몰릴지도 모른다.

가벼운 마음으로 나갔던 산책이 무거운 마음을 안고 돌아온다. 지금은 여름밤 잠을 설치게 하던 모기가 없어서 좋다. 밥 먹을 때면 으레 손님으로 먼저 와서 주인 행세하던 파리가 없어서 좋다. 오솔길에서 스르륵 기어 나와 쏜살같이 사라지는 뱀을 두려워하지 않고 편안하게 걸을 수 있어 좋았다. 그러나 이제는 우리 삶에 불편한 존재로 여겨졌던 벌레들이 그리워진다. 몇몇은 퇴치의 대상이었지만 대부분의 생명체는 인간이 욕심을 채우기 위해 뱉어낸 오염물질을 말없이 정화시켜 주던 우리의 이웃이었다.

뜨거운 여름 하루 종일 땀 흘리며 거미줄을 친 후에도 굶주리며 먹이를 기다리는 거미의 모습에서 인류의 미래 자화상이 떠오른다. 눈을 감고 잠을 청한다. 눈앞에는 지치고 허기진 거미가 아른거리고, 초라하고 창백한 사람 얼굴이 얼씬거린다.

우리는 우리의 조상으로부터 지구를 물려받지 않는다.

우리는 우리의 아이들로부터 지구를 빌린다.

- 아메리카 원주민 속담

2 클린하우스

클린하우스라는 이름을 누가 지었을까.

농촌 마을 쓰레기 집하장 이름을 깨끗한 집이라고 이름 짓는 역발상이 흥미롭다. 쓰레기가 집하장으로 모이면 말 그대로 쓰레기 천지가 되는데 이런 곳을 깨끗한 집이라고 부르니 재미있다.

가정집에 있는 쓰레기를 쓰레기 집하장에 버리면 집안은 깨끗해진다. 지저분한 집안을 클린하우스로 만들어 준다는 의미로 쓰레기 집하장을 클린하우스로 명명했다면 수긍이 간다. 그렇다면 각 가정에서 나온 쓰레기를 산더미처럼 쌓아 놓은 곳을 클린하우스로 부르는 것은 신선한 발상이다.

주말이면 집안에 모아놓은 쓰레기를 클린하우스에 갖다 버리는 일은 내 몫이다. 언제부터 쓰레기를 버리는 일이 내 소관이 되었는지 모르겠다. 이제는 주말에 쓰레기를 버리지 않으면 뭔가 빼먹은 것처럼 허전하다. 주말 아침 일찍 종량제 봉투에 담은 쓰레기와 클린하우스에 가서 분리하여 버리는 재활용 쓰레기봉투를 차에 싣고 클린하우스로 갔다.

클린하우스 안에 들어가니 찢겨진 쓰레기봉투와 쓰레기가 바닥에 발 디딜 틈이 없이 널브러져 있다. 까마귀가 오늘도 이곳에서 허기를 채운 모양이다. 일반 쓰레기를 담는 봉투에 음식 쓰레기가 일부 담긴 봉투만을 골라서 부리로 쪼아 봉투를 찢어 발가락으로 헤쳐 놓고 먹는다. 까마귀의 이런 모습을 보면 참으로 영악한 새라는 생각이 든다.

마을 입구에 있는 클린하우스 주변에는 두 그루의 커다란 느티나무가 있다. 가지가 많아서 숨을 곳이 많은 느티나무는 까마귀가 사람의 눈을 피해 숨는 은신처이면서 잠시 쉬는 쉼터이기도 하다. 느티나무에 앉아 주민이 버리는 쓰레기봉투에 먹잇감이 들어있는 봉투를 눈여겨 봐 두었다가 사람이 없는 틈을 이용해 떼를 지어 내려와 쓰레기봉투를 해체한다.

까마귀는 마을 가까운 자연에서 먹이를 구하지만 먹잇감이 부족하면 농부들이 애써 가꾼 곡식과 과일을 먹으려고 밭 주변으로 몰려든다. 이럴 때면 농부들은 까마귀를 쫓기 위해 폭음을 내는 까마귀 퇴치기를 사용하여 애써 가꾼 농작물을 지키려고 사력을 다한다. 까마귀는 겨울이 되어 농촌에서 먹잇감 구하기가 어려우면 도시 주택가로 이동하여 주민들이 버린 쓰레기에서 먹이를 찾을 만큼 생존 본능이 강하다.

클린하우스는 까마귀 독무대다. 전에는 까마귀가 먹고 가면 참새와 촉새가 잔 부스러기를 먹으려고 떼로 날아 왔지만 요즘에는 까마귀 외에는 보이지 않는다. 그리고 보면 떼를 지어 날아다니던 참새뿐만 아니라 딱따구리, 박새, 꾀꼬리, 솔새, 물총새 등도 눈에 잘 띄지 않는다. 봄이면 처마 밑에 집을 짓는 제비를 본지도 오래되었다.

까마귀는 지능이 높아 먹거리가 감소하는 환경에서도 나름대로 적응하고 있는 것처럼 보인다. 하지만 지능보다는 본능에 의존하는 작은 새들은 빠르게 변화하는 자연환경에 적응하지 못하고 서서히 자취를 감추고 있다.

자연환경의 변화에 작은 새들은 적응하는 데 한계가 있는 모양이다. 봄이면 앞산과 뒷산에서 번갈아 가며 울던 꿩 울음소리도 사라진 지 오래고 밤이면 슬피 울던 소쩍새의 소리도 듣기 어렵다.

꿀벌, 귀뚜라미, 땅강아지, 베짱이, 여치, 송충이 등의 곤충도 눈에 띄게 감소하면서 이들을 먹고 살던 작은 새들도 함께 자취를 감추고 있다. 그 많던 곤충과 새가 소리 없이 사라지는 자연을 보면 소름이 돋는다.

자연에 의존하던 문명이 자연을 이용하는 문명으로 옮겨가면서 우리는 자연의 변화에 둔감해지고 있다. 자연이 인간의 삶에 필요한 도구적 존재로 전락하면서 우리는 자연으로부터 얻는 이익만을 생각하고 다양한 생명체가 생존하기 어렵게 변한 환경을 애써 외면하고 있는지도 모른다.

높은 지능을 소유한 인간은 생태계가 변해도 어느 정도까지는 새롭게 변한 자연환경에 적응하며 생존할 수 있을 것이다. 조류 중에 가장 뛰어난 지능을 가졌다는 까마귀도 인간과 더불어 살아남을지도 모른다.

그러나 지능이 아무리 높다고 해도 생태계가 파괴된 자연에서 생존을 장담할 수 있는 생명체는 없다. 유엔식량농업기구(FAO)에 따르면 인간이 먹는 100대 농산물 중 70%는 꿀벌의 수분에 의존한다고 한다. 그런데 최근 이상기온과 살충제 살포의 증가로 꿀벌의 개체수가 감소하는 추세다. 꿀벌이 사라진다면 우리가 먹는 식량의 대다수가 사라져 인간도 생존문제를 걱정해야 하는 처지다.

클린하우스 내부를 난장판으로 만드는 까마귀는 귀찮은 존재다. 하지만 이곳에서 먹이를 구하지 못하면 까마귀가 생존하기 어려울 수 있다는 걱정에 오히려 음식 찌꺼기를 클린하우스 바닥에 던져놓고 싶을 때도 있다. 그런다고 생태계가 온전하게 복원되지는 않겠지만 까마귀까지 사라진 자연을 생각하면 두려움이 먼저 다가오기 때문이다.

따뜻한 봄날의 꾀꼬리 소리와 가을 저녁 귀뚜라미의 울음소리가 사라진 고즈넉한 농촌 마을에는 자동차 소음으로 채워진다. 오늘도 인간의 흔적을 간직한 쓰레기가 시골마을의 클린하우스에 차곡차곡 쌓이고, 까마귀는 인간이 버린 쓰레기 더미에서 생존의 길을 찾는다.

* 클린 하우스 : 농촌 마을에 설치한 쓰레기 분리수거장

자연은 인간의 삶에 필요한 도구적 존재로 전락했다.
자연으로부터 얻는 이익만을 생각하고 다양한 생명체가 생존하기
어렵게 변한 환경을 보면서도 우리는 애써 외면하고 있다.

2장 KTX에 올라탄 세월

1 추어탕 요리에서 만난 이방인

　추어탕이 생각나는 늦가을이다. 미꾸라지가 있을만한 곳을 찾았으니 내려오라는 고향 친구의 전화를 받았다. 만사 제쳐 놓고 고향으로 내려갔다. 가을걷이가 끝난 들녘은 속살을 드러내고, 앙상한 가지만 남은 시냇가 버드나무가 스산한 마음을 휘어잡는 주말이었다.

　친구와 다락 논으로 가서 도랑을 막고 물을 퍼냈다. 도랑 바닥 흙을 뒤집으니 크고 작은 미꾸라지가 푸드덕거린다. 날씨가 쌀쌀해지면서 겨울잠을 자려던 미꾸라지가 웬 날벼락인가 싶어 혼비백산하며 꿈틀댄다. 다락 논은 오염이 적은 탓에 제법 많은 미꾸라지가 있어, 짧은 시간에 한 사발 넘는 미꾸라지를 잡았다.

　미꾸라지를 잡는 일은 즐겁지만 요리하는 문제는 또 다른 문제다. 어린 시절 어머니가 끓여주던 추어탕을 맛있게 먹기만 했을 뿐 미꾸라지를 요리해본 경험이 없다. 아내도 미꾸라지가 징그럽다고 손사래를 친다. 어머니는 무를 썰어서 미꾸라지를 매운탕처럼 끓이곤 했다. 불현 듯 고추장을 풀어 얼큰하게 끓인 어머니 손맛이 담긴 미꾸라지 매운탕이 먹고 싶은 가을이다.

미꾸라지 요리를 하긴 해야겠는데 추어탕 집에 가서 요리법을 물어 볼 수는 없는 노릇이다. 결국 의지할 곳은 인터넷 검색창이다. 네이버 검색창에 추어탕을 쳤다. 미꾸라지 씻는 법에서부터, 미꾸라지 요리 법, 추어탕 효능, 칼로리, 추어탕 맛 집 등의 정보가 가득하다.

추어탕 요리 경험이 없는 사람에게 천국이 따로 없다. 추어탕 만드는 법을 꼼꼼하게 설명하는 유튜브 영상을 따라하기만 하면 초보자도 맛난 추어탕 요리를 할 수 있으니 말이다. 정말 놀라운 세상이다.

네이버 검색창에 소개된 미꾸라지 요리는 무청시래기를 넣고 끓이는 남원 추어탕과 배추 우거지와 고사리를 넣고 끓이는 경상도 추어탕 등을 소개하고 있다. 미꾸라지를 삶아서 뼈를 추리고, 마침 집에 있던 무청 시래기를 넣고 된장을 풀어서 남원 추어탕 흉내를 낸 추어탕을 완성했다. 식당에서 먹는 추어탕 보다 국물이 진하고 시래기가 푸짐해 만족스러웠다.

인터넷 검색으로 필요한 정보를 손쉽게 얻어 추어탕을 요리한 첫 경험이 낯설게 다가온다. 정보에 접근하는 능력과 접근해서 얻은 정보를 바탕으로 최선의 결과를 도출하는 능력이 정보화 사회를 사는 사람에게 필수라는 사실을 추어탕 요리를 하면서 실감한다.

누구나 쉽게 접근할 수 있는 플랫폼에는 다양한 정보가 넘친다. 그럼에도 플랫폼에서 필요한 정보를 찾아 활용하는 일에는 관심을 갖지 않았다. 디지털 시대가 코앞에 왔는데도 아날로그 감성에서 머물고 싶다는 핑계로 머뭇거리며 이방인의 길을 걸었던 지난날이 아쉽다.

자녀들이 책을 펴놓고 공부하기 보다는 틈만 나면 스마트폰에 몰두하는 모습이 탐탁지 않아 잔소리를 하곤 했다. 공부는 책으로만 하는 줄 알았다. 지금 생각해 보면 틈나는 대로 정보를 찾아 정보의 바다를 유랑했던 자녀들이 현명했다.

자녀들에게 여행계획을 세우는 일이나 상품구입을 부탁하는 일이 빈번해지고 있다. 그들이 인터넷에서 정보를 찾아 여행계획을 세워주는 대로 여행을 떠나고, 구매해준 상품을 집에서 택배로 받는 일이 일상이 되었다. 별다른 준비 없이 여행을 떠나고, 마트나 백화점에 가서 직접 상품을 구매하던 일들이 아득히 먼 일로 여겨진다.

사소한 일조차도 자녀에게 의지하는 내 모습이 세상의 흐름에 편승하지 못하는 이방인으로 보인다. SNS 등으로 잊고 지내던 친구를 찾거나 관심분야가 같은 사람을 찾아 정보를 공유하며 즐겁게 지내는 주변 사람들을 보면 낯선 곳에서 홀로 서성이는 내 모습이 외롭게 보인다. 내 휴대폰에 담긴 전화번호는 하나씩 지워져 가고 있다. 소외감이 밀려온다. 정보화의 도도한 흐름에 동참하지 않고 이방인으로 살아 온 지난 시간은 새로운 것에 관심을 두지 않고 지낸 지적 게으름의 시간이었다.

언제까지 이방인으로 살 수는 없다. 이제라도 늦었다고 후회하기 보다는 정보화의 흐름에 발이라도 담가보자. 어느 날 정보화의 흐름에 올라타고 세상과 동행하는 그 날을 기대하면서 말이다.

정보는 책에만 있는 줄 알았다.

어느 날 책보다 훨씬 많은 정보의 바다가 생겼다.

정보의 바다를 건너기 위해서는 항해 기술이 필요하다.

_____ 2 도서관은 변신 중

잔잔한 피아노 선율이 흐르는 공간이 좋다. 이곳은 과거와 미래가 현재와 어우러져 머무는 공간이다. 나는 여기에 오면 언제나 창가에 자리를 잡는다. 창밖에 있는 느티나무가 변하는 모습을 보면서 시간이 흐르고 있음을 확인하고 싶기 때문이다.

책을 보거나 인터넷에 접속해 정보 삼매경에 빠지는 이곳은 열린 공간이다. 원하는 사람은 누구든지 들어와 정보를 만끽하는 동네 사랑방이다.

면 단위 작은 마을에 지하 1층과 지상 4층 높이로 지어진 '청소년 문화의집'이 개관했다. 청소년을 위한 컴퓨터실, 노래방과 보드게임, 댄스와 음악연습실, 실내 체육관 등 다양한 시설을 갖추었다. '청소년들의 행복을 추구합니다.'라는 목표에 맞게 스포츠, 음악, 미술 등의 다양한 프로그램을 운영하고 있다. '청소년 방과 후 아카데미'는 돌봄이 필요한 청소년에게 다양한 학습활동을 제공하여 어려운 환경에 처한 청소년에게 희망을 주고 있다 .

청소년 문화의 집 시설과 프로그램을 보면 도서관은 놀라운 변신 중이다. 도서관은 학생들이 책을 보며 열심히 공부하는 곳인 줄만 알았다. 청소년들이 마음 편하게 공부하는 도서관을 기대했는데 공부하는 공간 보다는 그들이 공부 외에 하고 싶은 것을 마음껏 할 수 있는 공간으로 꾸며졌다.

학습위주의 교육보다는 청소년의 건전한 성장을 위한 다양한 체험을 경험할 수 있는 시설을 갖추고 있다. 또한 청소년들의 특기와 적성을 개발하기 위한 프로그램을 운영하는 것을 보면 도서관이라는 표현보다 청소년 문화의 집으로 명명한 것이 수긍이 간다.

청소년 문화의집 2층에는 주민들을 위한 도서관이 있다. 서가에 꽂혀있는 책을 골라 읽는 사람이 있고, 노트북으로 글을 쓰거나 필요한 정보를 찾아 열공하는 사람도 있다. 노트북으로 공부하는 거라면 굳이 도서관으로 올 필요가 없을 텐데, 집보다 도서관에서 하는 공부가 집중이 잘되는 모양이다.

성인을 대상으로 '영화로 보는 한국사회와 한국문화'를 수강신청했다. '기생충', '모던 타임즈'같은 당시 사회를 반영하는 영화를 감상하고 한국의 사회와 문화를 공부하는 프로그램이다. 도서관에서 영화를 감상하면서 공부하는 그 날이 기다려진다.

도서관은 인터넷과 미디어의 발전으로 끊임없이 변신하고 있다. 하지만 도서관의 이러한 변신에도 앞선 세대가 기록한 정보를 현시점에서 재해석하고 미래를 예측하고 준비하는 공간이라는 점에는 변함이 없다. 이처럼 도서관은 과거와 미래가 현재에 함께 머무는 공간이다. 앞으로도 도서관은 본래의 역할을 잘 수행하도록 환경의 변화에 맞게 지속적으로 변신을 거듭할 것이다.

도서관에 오면 집중이 잘된다. 음악이 있어서인가. 4층에서 줄넘기하는 소리가 쿵쿵거려도 공부하는데 거슬리지 않는다. 주변 사람들이 집중해서 공부하는 열정에 전염된 탓인지도 모르겠다.

지금 자면 꿈을 꾸지만, 지금 공부하면 꿈을 이룬다.
처음에는 우리가 습관을 만들지만
그다음에는 습관이 우리를 만든다.

____3 글쓰기에 대한 사색

봄비 내리는 아침, 마음이 심란하다. 쓰고 있는 글이 마음에 들지 않는다. 내면에 있는 생각을 쉽게 표현해 누가 읽어도 공감할 수 있는 글을 쓰겠다고 마음을 먹지만 뜻대로 안 된다.

글을 쓰다 막히면 소재를 바꿔 쓰면 잘 쓸 수 있겠다는 생각에 쓰고 있는 작품에 집중할 수가 없다. 난관에 봉착하면 도피하고 싶은 나약함이 나를 지치게 한다. 우물 하나를 파더라도 제대로 깊게 파보자고 다짐하지만 작심삼일이다.

쓰고 있는 작품을 계속 써야 할지, 다른 소재를 선택해 새로운 작품에 도전해 보는 게 좋은지 갈피를 잡지 못하고 있다가 노트북을 열었다. 챗GPT 관련 기사가 눈에 들어온다. 머신러닝을 이용한 학습모델을 가진 챗GPT는 주문자가 요구하는 문학 작품은 물론 논문을 쓰고 업무처리도 척척해낸다는 기사에 머리가 멍해진다.

인공지능(AI)이 전문가 영역까지 침범해 시와 소설을 쓰고, 영화 시나리오를 완성하는 시대다. 신문기사를 작성하고, 방송 콘텐츠 제작뿐만 아니라 편집도 가능하다고 한다. 인공지능이 그림이나 작곡에 도전해 작품을 완성하는 것도 상상이 아닌 일상의 일부가 되었다.

'콜로라도 주립 박람회 미술대회'의 디지털아트 부문에서 인공지능이 생성한 작품 '스페이스 오페라 극장'이 신인 아티스트 부문 1위를 차지했다. 이 그림은 제이슨 알렌이라는 게임디자이너가 자신의 생각을 지시어(프롬프트)로 입력해 AI아트 도구를 사용해 그림을 생성했기 때문에 많은 논란이 있었다.

AI도구를 이용해 상상을 현실로 만든 그림이 수상하는 것을 지켜본 화가들은 어떤 심정이었을까? 아마도 오랜 시간 캔버스 앞에 앉아 예술적 감성을 붓으로 표현했던 그들에겐 허탈하면서도 충격적인 경험이었을 것이다.

작가가 머릿속에서 구상하고 있는 작품을 주문하는 대로 써주는 인공지능이라는 요물이 있다면 작가가 처한 현실도 화가와 다르지 않다. 이제 작품을 구상하고 오랜 시간 골방에서 작품을 쓰는 작가들의 이야기는 전설로 남을지도 모른다. 상상력을 동원해 구성한 스토리를 작가가 직접 쓰지 않고 요물에게 작업지시를 하면 작품이 완성되기 때문이다. 이제 글을 잘 쓰는 능력이 아니라 풍부한 상상력을 갖고 요물을 잘 다루는 사람이 유능한 작가로 행세하지 않을까 싶다.

요물에게 상상하는 내용을 입력하고 시나 소설, 수필을 써달라고 하면 되는데 고생하면서 글을 쓰는 게 무슨 의미가 있는지 회의감이 밀려온다. 방대한 정보를 바탕으로 글을 쓰는 요물에게 우리는 도저히 견줄 바가 되지 않는다는 생각에 나는 한없이 작아짐을 느낀다.

그렇다면 요물은 전지전능한 도구일까? 내가 입력한 지시어에 맞게 나의 내면세계를 제대로 표현할 수 있을까? 누구에게나 공감할 수 있는 글을 쓰는 요술을 부릴 수 있을까? 요물이 내가 알지 못하는 단어를 사용해 글을 쓰고, 내가 이해하기 힘든 글을 쓴다면 그러한 글이 나에게 무슨 의미가 있을까? 아무리 뛰어난 요물이라도 나를 대신하여 글을 쓴다는 것은 한계가 있을 것이다. 시중에서 많은 기능을 갖고 있어 비싸게 팔리는 안마기가 연약하지만 부드럽게 주물러주는 어머니의 사랑이 담긴 안마와 비교할 수 없듯이 말이다.

원하는 대로 글이 써지지 않아서 힘든 요즈음, 요물의 등장은 나를 더욱 혼란스럽게 한다. 현재 쓰고 있는 글을 음미하며 천천히 읽어본다. 그리고 나는 왜 글을 쓰고 있는지 되돌아본다.

내가 계속 글을 쓰는 까닭은 글을 쓰면서 얻는 즐거움 때문이다. 알지 못했던 그리고 잊고 지냈던 기억과 감정을 끄집어내어 글을 쓰노라면 내가 살아 있음을 확인하고 미처 몰랐던 나를 발견한다. 그때 느끼는 즐거움은 어디에서도 경험할 수 없는 짜릿함이다. 인공지능에 의지해서 쓰는 글은 내가 직접 쓰면서 얻는 즐거움을 얻기 힘들게다. 깊은 우물에서 퍼 올린 물이 시원하듯 글을 쓰면서 자신의 내면 깊은 곳에서 건져낸 글에서 얻는 희열과 비교할 수 없을 것이다.

글을 쓰다 막히면 다른 소재를 갖고 써보자. 새로운 소재로 글을 쓰다보면 잠시 손을 놓은 작품에 어울리는 영감이 떠오를지 누가 알 겠는가. 봄을 여는 빗소리가 시원하다. 번잡하던 마음에서 한줄기 빛 을 본다.

인공지능이 전문가 영역까지 침범해 시와 소설을 쓰고,
영화 시나리오를 완성하는 시대다.
하지만 인공지능은 제공받은 상상의 범위 안에서 작품을 만든다.
상상력의 원천은 세상이 아무리 변해도 사람이다.

4 낯선 가을

고향 친구들과 물고기를 잡아 매운탕을 끓여 먹기로 날짜를 잡았다. 모처럼 고향 친구를 만나기 위해 나서는 길은 아침부터 구름 위를 걷듯 마음이 가볍다.

일상을 벗어난 마음은 무지개를 따라 어린 시절로 돌아간다. 평범한 일상의 연속이었다. 참된 행복은 평범함에 있다고 하는데, 그렇다면 금년은 행복한 하루하루였다고 자위해 보고 싶다.

그러나 찬바람에 낙엽이 이리 저리 날리고 앙상한 가지가 파르르 떨리는 걸 보면 마음 한 구석에는 허전함과 아쉬움이 똬리를 튼다. 추운 날 허기진 배를 채우는 데는 고향의 맛이 나는 시래기 장국이 제격이 듯 허전한 마음을 달래는 데는 고향 친구가 제격이다.

친구 현이는 물고기 잡는 도구를 챙겨 고기가 있을 만한 곳으로 길을 안내했다. 보광산 자락에 있는 다락 논으로 가야 물고기가 있단다. 개울에는 이제 물고기가 없다고 한다. 예전에는 물이 있는 곳은 어디에나 물고기가 지천이었다. 그렇게 흔하던 물고기는 어디로 사라졌을까?

사람들이 끝없는 욕망을 채우기 위해 자연을 마구 헤집고, 쓰레기를 버리고, 매연을 내뿜다 보니 자연도 인내심에 한계를 느껴 변심을 했나 보다. 물고기가 없는 시냇물은 척박해진 세상의 인심을 보여주는 듯하다.

다락 논 한 옆에 있는 둠벙은 작았다. 둠벙은 논에 물을 대기위해 파놓은 작은 샘이다. 둠벙은 수리시설이 잘 갖추어 있지 않은 산자락에 있는 논에서 논농사를 짓는 농부에게는 소중한 물의 원천이다. 오염원이 적은 둠벙에는 붕어, 버들치, 송사리, 방개 등이 제법 보였다.

가슴까지 올라오는 장화를 신고 물을 퍼내기 시작했다. 물이 잦아들면서 둠벙 옆 풀 섶에서 붕어와 버들치가 나오고 진흙 속에서 미꾸라지가 나왔다. 두 사발 정도의 물고기를 잡았다. 동네에 사시는 노인 한분이 지나 가다 말씀하신다. "지난번에 잡았는데 고기가 또 있어?" 하신다. 동네 주민들이 벼 베기를 끝내고 큰 물고기를 잡아간 탓에 우리는 남아 있던 작은 물고기만 잡을 수 있었다.

현이 어머님이 끓여 주신 매운탕은 고향의 맛이고 자연의 맛이었다. 술 좋아하는 친구 빈이는 언제나 소탈하고 재미있는 이야기로 분위기를 띄운다. 마음이 편안하다.

현이 어머님에게 인사를 하고 나오려는데 하우스에 있는 대파를

뽑아서 손에 쥐어 주신다. 용돈을 드리려고 지갑을 열어보니 카드 밖에 없다. 참으로 난감한 일이다. 받기만 하고 드릴 게 없으니 얼굴 뵐 면목이 없다. 현금 대신 카드를 사용하다 보니 편리한 점도 있지만 사람사이에 오고 가는 정이 사라지고 있어 아쉽다.

어린 시절에는 십 원짜리 동전 하나만 받아도 행복했다. 돈이 많고 적음을 떠나 돈을 주고받으며 정도 오고갔다. 시냇물에는 물고기가 사라지고 어른에게 용돈 드리는 것도 불편한 고향의 가을이 낯설게 다가온다.

오랜만에 찾은 고향이 낯설다.

골목길에서 떠들썩하게 놀던 아이들,

개울가 벌판에서 풀을 뜯던 어미 소와 송아지,

어미 누렁개 옆에서 꼬리치던 강아지들,

해가 서산에 기울면 집집마다 굴뚝에서 나오던 연기가 사라진

고향의 가을이 낯설다.

_____ 5 동굴의 우상

차량용 내비게이션을 이제는 달아야겠다. 내비게이션 없이 경험만을 믿고 차를 운전하는 일이 갈수록 버겁게 느껴진다. 한때는 자부심이기도 했지만 실수가 거듭되다 보니 먼 길을 갈 때면 걱정이 앞선다.

초행길을 갈 때면 인터넷 지도에서 목적지로 가는 길을 확인하고 출발했다. 지도에서 확인한 도로를 떠올리고 도로변 이정표를 보면서 운전해도 실수하는 경우는 거의 없었다. 이와 같이 한두 번 다녀왔던 길은 지도를 보지 않고도 큰 어려움 없이 목적지를 찾아갔다.

길눈이 좋다는 자부심을 갖게 된 것은 초등학교 시절부터 지도 보기를 좋아한 덕분이다. 육지는 초록색, 노란색, 갈색, 고동색 순으로 해발고도가 낮은 평야에서 고도가 높은 지역을 나타내고, 바다는 수심이 깊어질수록 짙은 파란색으로 그려진 지도는 초등학교 시절부터 내 마음을 사로잡았다. 지도를 보고 있을 때면 언제나 가슴이 벅차고 힘이 솟았다.

초등학교 사회과 부도는 유난히 많이 본 탓에 너덜너덜해졌다. 지도를 보고 있으면 시간 가는 줄도 몰랐다. 어쩌면 어린 시절 읽을 만한 동화책 하나 없던 시기에 지도책이 상상력을 갖게 하는 유일한 책이었기 때문인지도 모른다. 지금도 지도를 보면 그 나라에 대한 자연환경과 기후 그리고 인문환경에 대한 상상에 사로잡히면서 기분이 좋아진다.

하지만 원숭이도 나무에서 떨어질 때가 있다고 요즈음에는 지도에서 목적지를 확인하고 출발하지만 목적지 근처에서 헤매는 일이 잦아지고 있다. 전에는 그럴 때면 구멍가게에 들어가서 음료수를 사면서 길을 물어보곤 했지만 최근에는 구멍가게가 사라지고 편의점이 생기면서 난감한 경우가 빈번해지고 있다. 구멍가게 주인은 그 지역 토박이가 대부분이라 길을 물으면 시원하게 길을 알려주지만 편의점에서 일하는 아르바이트생은 대부분 그 지역을 잘 모르기 때문에 도움을 받기 어려운 탓이다.

새로운 도로와 건물이 들어서면서 주변 환경이 변하여 과거의 경험을 무용지물로 만드는 경우도 있다. 도로와 건물이 모두 바뀌어 동서남북 방향을 잡지 못하는 경우다. 차를 세워놓고 지도를 보면서 목적지를 다시 확인하고 싶어도 차를 세울 곳을 찾지 못하고 방황하다 보면 생각나는 것은 내비게이션이다.

베이컨의 4대 우상중에 동굴의 우상이 있다. 동굴의 우상은 자기의 경험에 비추어 세상을 판단하려는 개인적인 오류와 편견을 말한다. 경험은 전과 똑같은 상황에서는 유용하지만 상황이 바뀌면 경험은 그다지 도움이 되지 않을 수도 있다.

오히려 과거의 경험을 근거로 맹신적 사고를 하여 판단을 그르치고 곁길로 빠지는 어리석음을 범하기도 한다. 오랫동안 믿었던 사람에게서 받는 배신감, 가족과 함께 맛있게 먹었던 단골식당에서 어느 날 음식이 전과 같지 않아서 당황했던 경험, 몇 년간 돼지 사육하는 양돈업자가 많은 돈을 버는 것을 보고 뒤늦게 양돈업을 시작한 농부가 돼지고기 값이 폭락하여 손실을 보고 후회하는 경우 등은 경험에 의존한 판단이 항상 옳은 것이 아님을 보여준다.

내비게이션만 있으면 편하게 운전하면서 목적지에 도착 할 수 있다는 것을 알면서도 과거의 경험에만 의존하는 사고는 맹신적 사고에 다름없다. 세상은 넓고 빠르게 변하고 있지만 좁은 지역사회에 안주하면서 변화에 둔감하고, 세월의 흐름을 애써 외면하는 삶의 태도가 반복되면서 가져온 결과다. 다람쥐 쳇바퀴 돌듯이 생활하는 이면에는 내면 깊숙한 곳에 동굴의 우상이 자리 잡고 있다.

내비게이션을 사용하는 방법이 지도에서 길을 찾아가는 것보다 어렵거나 귀찮다고 여기기 때문인지도 모른다. 그러나 변화를 수용하는 과정에서 발생하는 수고로움 보다 변화를 받아드리면서 얻는 이익이 크다고 생각하면 현실에 안주할 이유는 없다. 때로는 이해타산을 따져보는 영악함이 동굴의 우상에서 벗어나는 지혜를 줄 수도 있는 법이다.

경험은 시행착오를 줄이고 자신감을 갖는 원동력이다. 또한 경험은 삶을 살아가는데 판단의 근거가 되는 중요한 지적 자산이기도 하다.

그러나 경험해 봤다는 것에 안주하는 순간 동굴의 우상에 제물이 될 수 있다. 안일함에 빠지거나 새로움에 대한 호기심이 줄어들고 타성에 젖은 사고에 빠지기 쉽다. 자신만의 경험을 맹신하면서 젊은이에게 내가 해봐서 아는 데라고 훈계하다가는 꼰대라는 소리 듣기 십상이다.

내비게이션이 알려주는 대로 운전하니 운전에 집중할 수 있어서 좋다. 과속 운전을 경고해주니 안전 운전에 도움이 된다. 새로운 것에 도전하고 변화를 수용하여 얻은 작은 행복이다. 앞으로 길을 찾기 위해 지도를 보는 일은 줄어들겠지만 지도를 보면 두근거리던 마음만은 변하지 않았으면 좋겠다.

경험은 시행착오를 줄이고 자신감을 갖는 원동력이다.

또한 경험은 삶을 살아가는데 판단의 근거가 되는 중요한

지적 자산이기도 하다.

그러나 경험은 전과 똑같은 상황에서는 유용하지만 상황이 바뀌면

그다지 유용하지 않을 수도 있다.

_____6 나이를 잊고 산다는 것

"동생 올해 몇 살이지?"

얼마 전 사촌형제들 모임이 있던 자리에서 사촌누이가 나에게 던진 말이다. 내 나이가 지금 몇 살이지. 나이를 잊고 지낸지가 꽤 되었기 때문에 선뜻 대답하지 못했다. 내 나이가 벌써 이렇게 되었구나.

나이를 잊고 살기 시작한 것은 학원 강사로 전업하면서 대학 입시를 준비하는 고3 학생과 재수생을 매일 만나면서부터다. 이러한 만남은 하루가 일 년이 되고, 일 년이 모여 수십 년이 되었다.

토요일과 일요일은 당연히 학원 수업과 개인 교습으로 바쁘다. 학원 강사는 남들이 출근했다가 퇴근하는 시간이 되면 수업을 하러 집을 나서야 한다. 공휴일이 되어도 보충수업으로 출근해야 하는 날이 많아서 가족과 함께 보내는 것도 쉽지 않다. 집안의 애경사에 얼굴 내

미는 일도 대부분 아내 몫이기 때문에 가까운 친인척과 대화를 나누는 일도 가뭄에 콩 나듯 했다.

두 딸이 어느덧 대학을 졸업하고 사회에 진출 했어도 나의 시선은 스무 살 전·후의 수험생에게 고정되어 있었다. 대화 수준과 정서적 교감이 그들의 눈높이에 머물러 있었던 탓에 청·장년의 얼굴 모습이 사라진 것도, 발음이 어눌해지고 언어 감각이 무뎌지고 있는 것도 알아채지 못하고 지내왔다.

다양한 연령대 사람들과 만나면서 세상 돌아가는 이야기와 과거의 추억담을 나누고 지냈다면 나이 먹는 것을 체감하며 지냈을 것이다. 그러나 만나는 대상이 고정되어 있다 보니 화살처럼 빠르게 지나가는 세월에 무감각해지면서 나도 항상 이팔청춘인 줄 알고 착각하며 지냈다.

내가 나이에 크게 신경 쓰지 않고 지내왔던 또 다른 이유는 모든 인간은 동등한 인간 존엄성을 갖고 태어난 존재이기에 나이와 상관없이 동등하게 인격적으로 대해야 한다는 오래된 나의 지론 때문이기도 하다.

사실 나이가 많고 적음에 따라 형, 동생으로 호칭하면서 지내는 것은 부담스럽기도 하고 불편한 일이기도 하다. 나이 많은 사람에게는 형에 대한 예우와 동생의 역할에 대해 고민해야하고, 나이 적은 사람에게는 형의 역할에 대해 신경을 써야하기 때문이다. 이것은 지지 않아도 될 짐을 지고 인간관계를 맺는 것과 같다. 차라리 나이에 개의치 않고 상대방과의 인격을 존중하는 만남이 진솔한 인간관계를 형성하는 데 더 도움이 되지 않을까 싶다.

　나이 어린 사람도 어른과 동등한 인격적인 대우를 받아야 한다. 노인은 사회에 유용한 많은 경험과 정보를 갖고 있어 존중 받아야 한다고 생각하던 때가 있었다. 그러나 지금은 지식과 정보의 소유보다는 저장된 정보를 빨리 찾아 활용하는 능력이 존중 받는 사회이다. 이런 일은 정보화 기기를 잘 다루는 젊은이가 어른보다 대체로 뛰어나다. 그러므로 나이가 능력과 비례하는 것으로 가정하고 나이에 따른 서열 문화를 만드는 노력은 현실에 맞지 않는 일이다. 유교문화의 장유유서를 들먹이며 나이가 많기 때문에 어른 대접을 받기를 바란다면 이 또한 현실에서 벗어나도 한참 벗어난 시대착오적인 사고다.

　스무 살이 넘으면서 머리에 새치가 나기 시작했다. 학원 생활을 시작할 때부터는 머리에 염색을 하지 않으면 학생들 앞에 나서기 민망할 정도로 백발이 성성했다. 하지만 발달된 염색기술 덕분에 내 머리카락은 항상 검은 색으로 거울 앞에 나타났다. 하얀 머리카락을 잊고 지냈듯이 학생들을 의식한 머리염색은 나이를 잊고 지낸 또 하나의 핑계거리다.

　학생들과 함께 했던 시간을 마무리할 시간이 다가오면서 이제 나에게 나이를 물어본다. '내 나이가 지금 몇 살이지?' 강사 시절에는 영혼이 자유롭다는 것에 위안을 삼고 지내왔지만 이제 새로운 삶을 준비해야 하는 나이라고 생각하니 마음이 분주하다. 앞으로 경제적인 문제는 어떻게 해결해야 하는가. 무엇을 하며 인생을 마무리해야 하는가. 잊고 지냈던 나이를 찾고 나니 내 앞에 쌓여있는 무거운 숙제가 보인다.

인간은 동등한 인간 존엄성을 갖고 태어난 존재이기에 나이와 상관없이 동등하게 인격적으로 대해야 한다.
나이에 따라 형, 동생으로 서열을 만드는 서열문화가 인공지능이 대세가 되는 사회에도 적합한지 생각해본다.

____ 7 얼굴이 닮았다

문예창작 반 동료들은 참 이상하다.

학원 동료 김 선생과 3월에 개강하는 문예창작 수업에 함께 참가했다. 일주일에 한 번 하는 수업을 빠진 적이 없다. 지난 10주 동안에 열 번을 만났으니 얼굴을 익히고도 남을 텐데 아직도 나와 김 선생을 구분하지 못한다. 남자 수강생은 나를 포함하여 네 명뿐인데 나와 김 선생을 구분하지 못 한다는 게 이해가 되지 않는다.

나에게 할 얘기를 김 선생에게 하고, 김 선생에게 할 얘기를 내게 하는 일이 빈번하다. 이런 일이 자주 있다 보니 "누가 김 선생이죠?" 하고 먼저 물어 보는 눈치 빠른 동료도 있다. 나이와 키는 비슷하지만 깔끔하게 외모를 관리하는 김 선생과 하루 한 번 세수하는 것도 귀찮아하는 나를 쉽게 구분하지 못하는 동료들 눈이 의심스럽다.

기숙학원에서 새 학기가 되어 새로운 반을 맡고 나면 처음 하는 일이 삼십 여명의 아이들 얼굴을 익히고 이름을 외우는 일이다. 학생들 얼굴을 보면 바로 이름을 부를 수 있어야 한다. 아침저녁 일일 테스트를 하고 점수를 기록하기 위해 이름 부르는 시간은 아이들 얼굴과 이름을 머리에 각인시킬 수 있는 절호의 기회다. 그렇게 한 주가 되면 어렴풋이 얼굴과 이름을 알게 된다.

그러나 아이들의 얼굴과 이름을 제대로 알지 못하고 있을 때 뜻하지 않은 일은 발생한다. 어떤 때는 다른 반 학생이 우리 교실에 들어온 줄 알고 "왜 남의 교실에 들어 왔어, 당장 나가."하고 큰 소리 치면 "저 선생님 반인데요."한다. 무안한 마음 주체 할 길이 없는데 아이들은 박장대소 한다. 아이가 아파 병원에 가면 병원 외출 확인서를 써주어야 하는데 이름이 생각나지 않는다. 슬쩍 명찰을 보고 이름을 적으면 "아직도 제 이름을 모르세요?"하며 면박을 준다. '자식들, 너도 내 나이 돼 봐라'하는 말이 나오다 목구멍에서 걸린다. 이름과 얼굴을 하나로 연상해 기억하는 일이 해가 갈수록 어려운 숙제가 되고 있다.

학창시절 이성을 만나러 갈 때는 가슴이 설레고 어떤 모습으로 갈까하고 밤늦도록 고민했다. 내 모습을 상대는 어떻게 생각할까? 상대는 어떻게 하고 나올까? 상상의 나래를 폈다. 이성에 눈 뜨면서 서로 상대의 눈빛, 웃는 모습, 말하는 입술, 어느 것 하나 놓치지 않고 바라보곤 했다.

그러나 결혼하고 나이를 먹을수록 사람의 겉모습을 보기보다는 그 사람의 내면을 보게 되는 것 같다. 아이들 외모는 분명히 조금씩은 다르다. 그러나 학생들은 성장 과정이 비슷하고 현재 처한 상황도 비슷하다. 또한 처음 겪어보는 기숙사 생활 탓인지 아이들은 불안하고 의기소침한 표정이다. 그래서인지 아이들 얼굴에서 읽을 수 있는 이미지가 비슷하게 보인다. 비슷한 이미지에서 얼굴을 기억하고, 각자의 이름을 외우는 일이 고난도 수학 문제를 푸는 것만큼이나 어렵다.

김 선생과 나는 회사원 생활을 하다가 비슷한 시기에 학원 강사를 시작했다. 학원에서 처음 만나 서로 다른 학원을 옮겨 다니다가 지난해부터 같은 학원에서 근무하고 있다. 같은 과목을 강의하고 종교도 같으니 서로 비슷한 풍상을 맞고 살았다고 볼 수 있다.

문예창작 반 동료들은 나이 지긋한 사람이 대부분이다. 그들도 내면에서 겉으로 드러나는 모습으로 사람을 보는 게 익숙한 나이다. 동료들이 나와 김 선생을 쉽게 구별하지 못하는 것이 어쩌면 당연한 일일지도 모른다.

나이를 먹었다는 것은 사람의 겉모습에서
그 사람의 내면을 볼 줄 아는 혜안을 갖게 되었다는 말이다.

_____8 마당 깊은 집

　시청 주차장 가운데서 오랫동안 자리 잡은 느티나무와 은행나무
가 서로 자신의 단풍잎이 곱다고 뽐내는 토요일 아침, 문인협회 회원
들이 삼삼오오 모이기 시작했다. 대구에 위치한 김원일 문학관을 찾
는 여행이어서인지 초등학생이 처음 소풍가는 날처럼 모두 들뜬 표정
이었다.

　버스가 고속도로에 들어서자 협회 고문으로 계시는 김원일 작가님
의 소개가 있었다. 문학 초년생이 원로 작가를 가까이에서 볼 수 있다
는 것은 행운이었다. 김원일 작가님은 자신이 살아온 과정을 들려주
셨다. 6.25 전쟁이 끝나고 배고픔 속에서 자라 온 어린 시절 이야기,
글을 쓰게 된 과정을 소탈하게 말씀해주셨다.

　소설 '마당 깊은 집'은 당신의 어린 시절을 바탕으로 쓴 자전적 소

설이라면서 문학은 자신의 경험을 상상 속에서 재구성하여 글로 표현하는 것이라는 말씀이 마음에 와 닿았다. 글감을 얻지 못해 전전긍긍하던 나에게는 큰 위로가 되었고, 추억을 되돌려 글감을 찾거나 주변의 것들을 꼼꼼하게 관찰하는 계기가 되었다.

　장기자랑 시간은 시 낭송을 하는 회원들의 독무대였다. 어쩌면 그렇게 시 낭송을 잘 하는지 감탄사가 절로 나왔다. 청아한 목소리로 장문의 시를 열정적으로 읊는 모습에 넋을 놓고 있는데 버스는 고속도로 톨게이트를 빠져나와 대구 시내로 들어서고 있었다.

　'김원일의 마당 깊은 집 문학관'은 대구 계산 성당 뒤편으로 자리를 옮겨 경로당이었던 오래된 한옥을 개보수하여 만들었다고 한다. 문학관으로 향하는 골목 담벼락에는 소설 속의 인물과 대사를 벽화로 그려놓아 친근감을 더했다. 지붕이 낮은 한옥 마당에는 세 들어 살던 이들이 공동으로 사용하던 우물과 장독대를 재현해 놓았다. 소설 속의 마당은 주변 보다 지대가 낮아서 비가 오면 물바다가 되어 모든 사람이 모여 물을 퍼내야 하는 가난한 사람들의 한과 정이 서려 있는 마당이 깊은 집이었다. 길남이네가 살았던 방에 놓여있는 재봉틀은 길남이 어머니가 실제로 당시에 사용하던 것을 진열해 놓았다고 한다. 장롱, 이불, 밥상, 밥그릇을 보면서 전쟁 후 어려운 여건에서도 억척스럽게 살았던 조상들의 모습이 떠올랐다.

　작가의 방에는 원고와 수정한 메모, 출간된 작가의 저서와 사용하던 스탠드와 컴퓨터가 전시되어 있다. 소설 '마당 깊은 집'의 시대 배경을 이해하기 쉽도록 전쟁과 피난 시절을 사진과 영상으로 만날 수 있도록 배려한 방을 둘러보면서 역사교육의 장소로도 손색이 없는 문학관이라고 생각했다.

나들이하기 좋은 가을날의 마당 깊은 집은 옛 시골 잔치 집처럼 많은 사람이 몰려들어 동료들과 사진 한 장 찍기도 쉽지 않았다. 그러나 김원일 작가님은 혼잡한 상황이 좋으셨던 가 보다. 소설 마당 깊은 집을 집필한 과정을 설명하고, 사진 찍기를 요청하는 이들과 함께 사진을 찍는 내내 흡족한 표정을 보이셨다.

대구에서 맛 집으로 소문 난 식당에서 순두부 백반으로 점심을 먹은 후 일행은 달성 공원으로 향했다. 공원 입구부터 넓게 조성 된 정원을 보니 가슴이 뻥 뚫리고 여독이 말끔히 씻기는 듯 했다. 잘 가꾸어진 잔디와 다양한 수목이 조화를 이루는 산책로를 걷다보니 호랑이, 사슴, 얼룩말, 타조 등을 구경할 수 있는 동물원이 기다리고 있었다. 서너 살 된 큰 딸을 데리고 서울대공원에서 동물원을 구경한 후 오랜만에 보는 동물원이 빠르게 흘러 간 세월의 두께를 돌아보게 했다.

원로 작가님과 동행하며 작가님의 대표 소설 마당 깊은 집의 배경이었던 건물을 문학기행으로 기획한 임원진에게 수고하셨고 감사하다는 말을 전하고 싶다. 출발해서 돌아올 때까지 문학이라는 울타리 안에서 듣고 보고 생각한 하루였다. 나의 삶속에 문학을 절친으로 받아드리기로 다짐한 것은 여행에서 얻은 또 다른 수확이다.

소설 속의 마당 깊은 집은 주변 보다 지대가 낮았다.

비가 오면 물바다가 되어 모든 사람이 모여 물을 퍼내야 했다.

가난한 사람들의 한과 정이 서려 있는 집이었다.

3장 창밖의 세상

_____1 조감도와 충감도

대통령 선거일이 열흘 앞으로 다가왔다. 목 좋은 담벼락에는 어김없이 후보의 사진과 약력 그리고 공약을 담은 홍보물이 부착되었다. 대선후보 선거홍보물을 훼손하면 관계법령에 의거 처벌한다는 선관위의 친절한 경고 문구도 어김없이 붙어 있다.

언론에서 발표하는 후보 지지율은 소속 정당에 따라 큰 차이가 난다. 거대 정당 소속 후보는 누가 나오든 지지율이 높다. 후보의 인물됨됨이를 평가하여 지지하는 후보를 결정하기 보다는 소속 정당을 보고 지지 후보를 결정하는 유권자가 많은 탓이다.

출신지역과 학교, 현재 속해 있는 집단 등으로 개인을 이해하고 평가하는 것은 외적인 요소가 개인의 성장과 인격형성에 영향을 준다고 생각하기 때문이다. 그러므로 후보 개개인의 자질과 능력보다는 정당을 보고 지지하는 후보를 결정하는 유권자를 탓할 수만도 없다.

대선후보 토론회를 TV로 시청하였다. 정치 외교 분야를 토론하는 시간이다. 기대감을 갖고 보았지만 실망스러운 토론회였다. 정견을 발표한 후 자기 주도 토론 시간이 되자 관련 분야에 대한 질문과 토론은 없고 상대 후보의 취약점을 파고들면서 공격을 시작한다. 공격을 받은 후보도 상대 후보의 아픈 곳을 찾아 찌른다. 정치 외교에 관한 진지한 토론은 없고 펜싱 선수가 상대의 빈틈을 찾아 공격하고 방어하는 모습을 연상케 한다.

후보의 미래 비전은 없다. 오로지 상대후보 이미지에 손상을 입히기 위해 과거의 비난 받을 만한 행적을 들추어내어 악착 같이 달려든다. 공격을 받은 후보는 거짓말이라고 변명하면서 오히려 상대 후보가 더 큰 비리를 저질렀다고 열변을 토하는 장면이 애처롭다.

대한민국을 이끌겠다는 대선 후보자 토론이 초등학생들이 하는 말싸움과 다를 바 없다. 토론이 끝나고 머릿속에 남는 것은 후보들의 미래 비전이 아니라 그들이 서로 까발린 과거 비리전력 뿐이다.

토론회가 끝난 후 관련 뉴스가 쏟아져 나왔다. 지지하는 후보를 응원하는 댓글을 달았다. 곧 바로 내가 쓴 댓글을 비아냥거리거나 지지하는 후보를 비난하는 댓글이 올라 왔다. 나도 질 수 없어 상대 후보의 약점을 들추어내는 글을 올리며 공격을 퍼부었다. 후보들이 정책을 의제로 갖고 토론한 것이 아니라 상대 후보를 비방하는 것으로 시작해서 비방으로 끝난 토론회였으므로 댓글도 비난과 저주의 내용이 대부분이었다.

합의점은 없었다. 처음부터 끝까지 평행선이었다. 대선 후보들이 토론회에서 보여준 것처럼 댓글로 마주한 불특정 다수와 나도 상대 후보의 약점만을 파고들었다. 시간 가는 줄도 모르고 문자를 날렸다.

상대의 주장을 내가 수용하지 않았듯이 상대도 나의 주장에 조금도 긍정하는 글은 없었다. 동녘이 훤하게 밝아오고 별빛이 희미해지는 새벽녘이 되어서야 내가 지금 무엇을 하고 있는지 돌아보았다.

나는 밤새도록 하나의 땅굴을 팠다. 상대도 땅굴을 팠다. 그러나 서로 다른 방향으로 밤새 굴을 파고 있었다. 그러면서도 만나기를 기대했던 어리석음이 나를 초라하게 만든 기나긴 밤이었다.

조감도는 새가 하늘에서 아래를 내려다보듯이 높은 곳에서 지상에 보이는 모습을 있는 그대로 그린 그림이다. 조감도는 건물과 정원의 다양한 모습을 입체감 있게 보여준다. 건물과 정원의 아름다움, 용도, 위치 등을 그림으로 표현하여 방문하는 이들이 쉽게 이해하도록 도움을 주는 유용한 그림이다.

충감도는 곤충의 눈으로 보이는 이미지를 그대로 옮긴 그림이다. 중고등학교 운동장에는 200미터의 트랙이 그려져 있다. 그 트랙에 그려진 선을 따라 곤충이 기어가면서 눈에 보이는 이미지를 그린다면 일직선으로 그려질 것이다. 굴곡진 부분을 기어가도 시야가 짧은 곤충은 일직선으로 인식하기 때문이다.

높이 날아 오른 새가 아래를 내려다보면 운동장에 그려진 트랙을 타원형으로 보겠지만 곤충은 트랙을 한 바퀴 돌고 출발점에 도착해서도 가도 가도 끝없는 직선으로 인식할 것이다.

대선 후보의 토론과 불특정 다수 사이에서 주고받는 댓글은 새의 시각보다는 곤충의 시각에 가깝다. 후보들이 주장하는 견해는 진지하게 생각하고 문제점을 찾아내어 토론하기 보다는 확인되지 않은 정보를 근거로 흠집 내기에 몰두하는 모습이 곤충의 시야와 다를 바가 없다.

오늘날은 손쉽게 다양한 정보를 얻을 수 있는 사회다. 그렇다고 정보의 바다에 살고 있는 현 세대가 정보가 부족했던 과거의 세대보다 더 합리적인 판단을 하며 산다고 말하기는 어려울 것 같다. 안타깝게도 정보화 시대에 살고 있는 세대는 보고 싶은 것만 보고 듣고 싶은 것만 듣는 확증편향이 심해지면서 정보가 부족했던 세대보다 오히려 더 편협하고 왜소한 모습으로 살고 있는 지도 모른다.

정보가 많을수록 충감도보다는 조감도가 필요하다. 높이 나는 독수리는 넓은 지역을 응시하면서도 작은 먹잇감조차 놓치지 않는 예리한 시각을 갖고 있다. 국가 지도자나 평범한 일상을 살아가는 우리에게도 높이 나는 독수리가 그리는 조감도가 절실하게 필요한 시대이다.

곤충은 트랙을 한 바퀴 돌고 출발점에 도착해서도 가도 가도 끝없는 직선으로 인식한다.

새는 운동장과 정원의 다양한 모습을 입체감 있게 바라본다.

정보가 많을수록

하늘 높이 나는 독수리가 바라보는 조감도가 필요하다.

_____ 2 감초

대학병원은 월요일 오전인데도 혼잡하였다.

몸이 불편한 장인어른을 대신해 가족관계부를 갖고 약을 타기 위해 병원을 찾았다. 수납창구에서 번호표를 뽑으니 앞에 40명이 대기하고 있었다. 오래 기다릴 줄 알았지만 숙련된 수납창구 직원들의 빠른 업무처리로 생각보다 오래 기다리지 않고 처방전을 받아 약국으로 향했다.

병원비와 6개월 치의 약값이 예상보다 저렴했다. 가벼운 마음으로 병원 주차장으로 가는 중에 뜬금없이 고향 친구의 얼굴이 떠올랐다.

지난 겨울 그 친구로부터 한 통의 전화가 왔었다. 미국 유학 중이었던 아들이 겨울방학이 되어 한국으로 돌아 온지 열흘 만에 죽었다는 슬픈 소식이었다. 아들은 지난 가을부터 머리가 아파서 진통제를 먹었다고 한다. 얼마 동안은 진통제의 효과를 보았지만 시간이 지날수록 약효가 떨어졌다. 고통스러운 시간이었지만 병원을 가지 못하고 참고 버티며 지내 왔다는 것이다.

친구는 어려운 여건에서 유학을 보낸 처지라 아들에게 병원비를 보내 주지 못했다. 방학이 되어 한국에 들어오면 병원에 데리고 가는 것이 최선이라고 생각하고 방학이 빨리 오기만을 기다렸다.

겨울 방학이 되어 수척해진 모습으로 귀국한 아들을 공항에서 만나 곧장 병원으로 데리고 가서 정밀 진단을 받았다. 아들은 뇌 암 말기 판정을 받고 열흘 만에 천국행 열차를 탔다고 한다. 미국 병원의 의료비를 감당하지 못한 자신의 경제적 무능력을 탓하며 오열하던 동료의 통곡소리가 병원 주차장을 나서는 내내 귓가에서 맴돌았다.

세계 최고의 부국이라고 모두가 인정하는 국가에서 교통사고가 났다. 사고를 낸 운전자는 부상을 입었지만 앰뷸런스가 오는 것을 보고 도망을 갔다. 병원비를 부담할 능력이 없었기 때문에 운전자가 달아났다는 뉴스를 본적이 있다. 의료 기술은 세계 최고지만 경제적 능력에 따라 의료혜택이 차별적으로 분배되면서 나타나는 슬픈 현실이다.

가정은 가족 구성원이 생계 또는 주거를 함께하는 생활공동체이면서 일상적인 부양, 양육, 보호, 교육 등이 이루어지는 생활단위이다. 가족 간에는 능력 있는 사람이 일을 하고 필요한 사람이 돈을 사용한다. 형제 자매간이나 가깝고 절친한 이웃사이에도 줄 건 주고, 받을 건 받지만 가정은 유일하게 능력 있는 사람이 일하고 필요한 사람이 분배 받으면서 동고동락 하는 집단이다.

사회주의가 능력 있는 사람이 일하고 필요한 사람이 분배받는 사회라면 능력 있는 사람이 일하고 일한 만큼 능력에 따라 분배 받는 사회는 자본주의 사회다. 사랑으로 결합된 가정은 능력 있는 사람이 일하고 필요한 사람이 돈을 사용하면서 끈끈한 가족애를 형성한다. 그러나 이기적 존재인 인간이 모인 사회는 효율적이고 합리적인 사회 질서를 유지하는 수단으로 자본주의 분배원리를 채택하고 있다.

국민건강보험제도는 사회보장제도의 하나로 전 국민을 대상으로 한다. 능력 있는 사람이 수입에 비례해서 보험료를 납부하고 의료 서비스는 필요한 사람이 받는 구조다. 사적인 영역은 필요에 따른 분배를 강제 할 수 없으므로 정부가 국민건강보험제도를 만들어 공공의료 보험으로 운영하고 있다.

병원 문턱이 낮아져 병원을 필요로 하는 사람은 누구나 적은 비용으로 의료 진료를 받을 수 있는 사회에 우리는 살고 있다. 자본주의가 고도로 발달한 미국에서 비싼 민간보험료와 병원비를 부담하지 못해 제 때 치료 받지 못하고 아들을 잃은 친구의 안타까움을 생각하면 우리나라의 건강보험제도는 자부심을 갖기에 충분하다.

자본주의는 많은 장점에도 불구하고 빈부격차를 피할 수 없다. 개인별 능력과 치열한 경쟁으로 부자의 반열에 오른 사람과 오르지 못한 경제적 약자들은 언제나 있게 마련이다. 가난한 사람에게 병원문턱은 높을 수밖에 없다. 높은 병원 문턱을 경제적 약자들도 낮은 높이로 넘을 수 있게 만든 건강보험제도는 감초와 같은 존재다.

약방에 감초라는 속담이 있다. 한약재를 처방할 때 거의 빠지지 않는 감초는 특정 약리성분을 강화시키거나 독성을 완화시켜 약효를 높여 준다. 빈부격차로 나타나는 문제점을 보완하고 함께 잘사는 사회를 추구하는 건강보험제도는 약방의 감초 같은 역할을 톡톡히 하고 있는 셈이다.

감초만을 오랫동안 섭취하면 부작용이 나타난다. 필요에 따른 분배도 지나치면 스스로 노력하기보다는 나태심이 팽배해져 무기력한 사회로 전락할 수 있다. 우리나라의 건강보험제도는 어디쯤에 와 있을까. 사회적 약자를 지나치게 배려하고 있는 것일까? 아니면 더 강화해야 하는 상황일까? 판단하기에는 미력한 존재이지만 현재의 건강보험제도가 자본주의 사회 발전에 크게 기여하고 있다는 사실만은 인정하고 싶다.

국민건강보험제도는 병원 문턱을 낮춰

병원을 필요로 하는 사람에게

적은 비용으로 의료 진료를 받을 수 있도록 하고 있다.

빈부격차가 필연적으로 발생하는 자본주의 사회에서

국민건강보험 제도는 한약재를 처방할 때 빠지지 않는

감초 같은 존재다.

_____3 댓글

　유명 연예인이 악플에 정신적 고통을 받다가 끝내 죽음으로 생을 마무리한 충격적인 일이 있었다. 인신공격 댓글이 난무하고, 없는 얘기를 꾸며내어 사실인 것으로 포장한 댓글이 오랫동안 계속되면서 정신적 고통을 견딜 수 없었다는 것이다. 연예인들은 이미지 때문에 쉽게 고소하지 못할 것이라는 생각 때문인지 이들에 대한 악플이 도를 넘어서고 있다.

　악플은 스포츠 선수에게도 예외가 아니다. 여러 사람이 악플을 지속적으로 달게 되면 사실이 아닌 이야기가 사실로 둔갑하고, 그 선수에게 좋았던 이미지는 사라지면서 가까운 지인에게 조차도 왕따를 당하는 수모를 겪는다. 선수는 사기가 떨어지고 끝내는 선수 생활을 포기하거나 하늘나라로 가는 슬픈 일이 벌어지고 있다.

　댓글로 고통 받고 있는 사람들이 법에 호소하면서 불필요한 시간과 비용이 지불되고, 심리적 불안과 죽음으로 내몰리는 사회적 비용이 증가하자 댓글을 폐지하자는 여론이 점증하고 있다. 이처럼 댓글에 대한 역기능이 사회적 이슈가 되면서 포털에서는 연예인 뉴스에 댓글 서비스를 중단한데 이어 스포츠 뉴스에서도 댓글 서비스를 중단했다.

인기 연예인이나 스포츠 스타는 선망의 대상이 되면서도 질투의 대상이 되기도 한다. 선망의 대상으로 여기는 사람은 그들의 성공 요인을 자기발전의 모델로 삼고 노력하는 계기로 만들려고 한다. 그러나 성공한 사람을 시샘과 질투의 대상으로 삼는 사람도 있다. 시샘과 질투는 다른 사람을 깎아내리고 비판하는 것에서 자기만족을 찾으려는 부정적인 감정이다.

생각은 행동으로 이어지고 행동이 반복되면 습관이 된다고 한다. 타인을 비난하고 왜곡하는 댓글을 반복적으로 달게 되면 아무런 죄책감 없이 댓글을 달고 오히려 쾌감과 성취감을 느낄 수도 있다.

부정적인 감정과 사고 속에 갇혀 있을수록 건강한 사고를 하기는 어렵다. 그러므로 습관적으로 타인을 비방하고 왜곡하는 감정으로 댓글을 다는 사람에게 행복하고 건강한 미래를 기대하기는 어려울 것이다.

마주 보면서 하지 못 할 말이면 인터넷 공간에서도 자제함이 마땅하다. 사회적 순기능으로 활용되어야 할 댓글이 자신의 인성을 파괴하고 타인의 삶을 비극으로 몰아가는 도구로 전락한 현실이 안타깝다.

인간은 어리석게도 인류가 오랜 투쟁으로 얻은 소중한 자유를 익명성을 악용하여 남용하고 있다. 악플을 다는 사람은 표현의 자유를 주장하기도 한다. 자신의 생각을 자유롭게 표현하는 게 무엇이 문제냐고 따지기도 한다. 그러나 어떤 민주주의 국가에서도 표현의 자유는 제한된다. 사회 질서를 유지하기 위해 인격적 모욕을 주거나, 정신적 물질적 손해를 입히는 경우는 엄격하게 제한하고 있는 것이 현실이다.

차에 치여 죽는 사람보다 세 치 혀에 죽는 사람이 더 많다고 한다. 악성 댓글은 살인 병기가 될 수도 있으며 여러 사람이 뭉치면 개인과 집단을 파멸로 몰아넣는 광기어린 패륜아가 될 수도 있다.

말 한 마디로 천 냥 빚을 갚는다는 속담이 있다. 말이 갖는 힘이 그만큼 크다는 뜻이다.

말과 글은 사고의 결과물이다. 긍정적이고 건강한 사고는 자신의 삶의 질을 높여 주고 타인에게도 좋은 영향을 끼쳐 사회 구성원 전체의 삶의 질을 높여 줄 수 있다. 그런 면에서 요즈음 선플 달기 운동이 확산하고 있는 것은 고무적인 일이다.

따뜻한 말과 글로 자신과 상대의 가슴이 따뜻해지는 사회를 꿈꾸는 것은 과욕일까?

생각은 행동으로 이어지고,
행동이 반복되면 습관이 된다.

_____4 우리가 가는 곳은 어디인가

봄은 왔지만 봄 같지 않다. 봄의 전령 제비 보다 먼저 찾아 온 코로나 팬데믹 현상 때문이다.

마스크를 사기위해 온 가족이 하나로 마트로 달려갔다. 일인당 세 장씩만 판매할 정도로 전국적으로 마스크가 부족한 상황이었다. 벌써 많은 사람이 와서 줄을 서서 기다리고 있다. 줄은 도로까지 이어져 마트는 보이지도 않는다. 마트에 할당된 수량이 정해져 있어 늦게 온 사람은 발길을 돌려야만 했다.

전쟁 영화에서 초췌한 얼굴의 피난민들이 배급을 받기위해 줄서서 기다리던 모습이 떠올랐다. 그들은 먹거리를 얻기 위해 줄을 섰고, 우리는 마스크를 사기위해 줄을 섰다. 아내와 나는 마스크를 살 수 있다는 사실에 안도하면서 예상하지 못한 낯선 현실에 서로 보며 웃을 수밖에 없었다.

확진자가 하나로 마트에 다녀가서 방역을 하고 하루 휴업한다는 문자가 왔다. 며칠 후에는 우리 집 주변에서 코로나19로 인한 사망자가 발생했다는 문자가 왔다. 공포 영화가 따로 없다.

뉴스는 코로나19로 시작해서 코로나19로 끝난다. 전염성이 강해 많은 사람이 코로나19에 걸릴 것이며 경제는 금융위기 때보다 침체되어 실업자가 양산된다는 우울한 소식을 반복적으로 전하고 있다. 이제 새로운 세상이 눈앞에 펼쳐지니 정신 바짝 차리라는 경고로 들린다.

많은 사람들이 휴대폰으로 음성, 문자, 동영상 등을 주고받으면서 비대면 사회가 진행되고 있었다. 예고 없이 찾아온 코로나19는 더 빠르고, 폭 넓은 비대면 사회를 강요하고 있다. 이제 쇼핑, 영화관람, 해외여행, 외식, 재택근무 등 사회전반에 걸친 넓은 범위에서 비대면 사회로의 진행은 피할 수 없다.

학교는 교실수업을 온라인 수업으로 대체하고 기업은 재택근무를 확대하면서 서로 얼굴보고 대화하는 기회마저 줄어들었다. 친구, 친지와의 친목 모임도 줄줄이 취소되고 배움을 위한 동아리 모임도 예상치 못하게 중단되는 일들이 이어졌다. 지금까지 한 번도 경험해보지 못한 광범위한 비대면 문화가 지구촌 곳곳에서 동시에 진행되고 있는 중이다.

밖에서 사람 만나는 기회가 줄어들고 국내외 여행이 제한되면서 집콕족이 늘고 있다. 필요한 물품은 택배로 해결하고, 가족과 함께하

낯선 가을 77

는 시간이 많아졌다. 코에 바람을 넣고 싶은 아내는 코로나19가 못마땅한 눈치다. 여러 동호회의 여행계획이 취소되고 정기적인 모임도 연기되거나 축소돼 집에서 심드렁하게 지내야하기 때문이다.

옆집 종훈이 엄마는 중학생 딸, 초등학생 아들 딸, 유치원생 아들까지 네 명의 자녀를 둔 다둥이 가족이다. 4명이 학교를 안가고 종일 집안에서 함께 있으려니 지옥이 따로 없단다. 그러나 더 걱정하는 일은 자녀들 교육문제. 학교에서 선생님을 만나고 친구들과 어울리면서 사회성을 배워야 하는데, 집에서 마음 맞는 몇 명의 친구와 만나거나 휴대폰으로 문자로 대화를 나누고 있어 걱정이라고 한다.

뭉치면 살고 흩어지면 죽는 게 아니라 뭉치면 죽고 흩어져야 사는 사회로 변했다. 극장은 문을 닫았고 노인들이 모여 점심을 해 먹으면서 하루를 보내던 마을 회관은 폐쇄됐다. 많은 사람이 참여해 성대하게 열리던 축제도 취소되었다. 이쯤 되면 코로나19는 사람 사이의 간격을 벌리고 흩뜨리는 데 아주 탁월한 재주를 갖고 있는 외계인이 보낸 첩자임이 분명하다.

사람은 사고와 행동을 반복하면 습관이 되고, 사회 구성원 대다수가 같은 사고와 행동을 반복하면 사회적 관습이 된다. 어린아이부터 노인에 이르기까지 비대면 사회라는 급격한 생활의 변화를 경험하고 있다. 코로나 바이러스가 우리 주변에 머무르는 시간이 길어질수록 지금 경험하고 있는 비대면 문화는 미래 사회에서 일반적인 사회적 관습으로 정착할지도 모른다.

어느새 봄에 찾아 왔던 제비는 강남으로 날아가고 스산한 바람에 낙엽이 떨어지는 계절이다. 길가에 빨간 낙엽이 쌓였다. 옻나무의 낙엽이다. 옻나무 잎은 옅은 파란색이었다가 짙은 녹색으로 변한 후 빨간색으로 변하여 생을 마무리 한다. 옅은 파란색 잎은 장차 빨간색으로 변한다는 사실을 알고 있었을까?

우리가 가는 곳은 어디인가? 인간은 또 다른 강력한 바이러스 등장이나 급격한 지구 환경 변화를 정확하게 예측할 수 있을까? 아마도 파란 옻나무 잎이 빨간색으로 변할 줄을 모르듯이 정확한 예측은 한계가 있을 것이다. 그것은 신의 영역이기 때문이다. 그러나 인간은 상황을 통제하고, 해결할 수 있는 능력과 지혜를 갖고 있다. 그러므로 새로운 상황에 적응하는 문화를 만들어 어떤 난관도 헤쳐 나갈 것이라는 믿음을 갖고 싶다.

인간은 새로운 바이러스 등장이나 지구 환경의 급격한 변화를
어느 정도 예측할 수 있을까?
아마도, 그것은 신의 영역이기 때문에 한계가 있을 것이다.
그러나 인간은 새로운 상황에 적응하는 문화를 만드는 지혜를 갖고
있다고 믿고 싶다.

_____5 영 웅

뮤지컬 영화 '영웅'을 관람했다.

사형 언도를 받은 안중근 의사가 어머니 조 마리아 여사가 '항소하여 삶을 구차하게 연명하려 하지 말고 죽으라'고 쓴 편지를 읽는 장면에서 눈물이 하염없이 쏟아진다. 흐느끼는 소리가 여기저기서 들린다.

민족의 운명이 바람 앞에 놓인 촛불처럼 흔들릴 때, 동양 평화론을 주장하며 민족을 위해 초개같이 목숨을 던진 안중근은 민족의 영웅 중에 영웅이다.

안중근은 왜 일본이 만들어 놓은 단두대 앞에 서야 했을까. 누가 그를 이런 고단한 길로 불러낸 것일까. 그는 집안에서는 장남이고 세

자녀의 아버지이며 한 여자의 지아비였다. 행복한 가정을 꾸려야 했던 가장은 왜 눈발 날리는 만주 벌판에서 동지 12명과 함께 네 번째 손가락을 자르고 단지동맹을 맺으며 침략의 원흉 이토 히로부미를 처단할 것을 결의해야 했던가.

학창 시절 고등학교 국사교과서는 눈물 흘리며 공부하는 과목이었다. 임진왜란의 가슴 아픈 서술은 이순신 장군의 뛰어난 지략과 용맹으로 위안을 삼을 수 있었다. 조선 후기 상업적 농업과 수공업 발달은 도탄에 빠진 백성에게 희망을 주었지만, 정부 관료는 무능하여 기회를 살리지 못했다. 서양의 문물을 받아들인 일본이 힘을 키워 조선으로 밀려들어오면서 마음은 답답해진다. 나라를 잃고 창씨개명으로 성과 이름까지 빼앗긴 민족에게 봄은 다시 오지 않을 것 같은 암담함에 교과서를 덮었다. 국사과목을 좋아했지만 슬픈 역사로 얼룩진 근현대사는 공부할 수 없어서 점수는 신통치 않았다.

한국지리 과목으로 입시 학원 강사를 시작했다. 학원 강사를 시작할 무렵에는 사회 과목은 국사 과목을 포함한 네 과목이 필수였다. 사회 탐구 강사를 하려면 국사 공부는 피할 수 없는 과목이었다. 하지만 아픈 기억이 있어 망설였다. 고등학교 시절 배우던 국사 교과서는 이웃 나라로부터 억울하게 당한 역사를 중심으로 서술했다. 오백년 역사를 이어온 조선이 일제의 침탈에 저항다운 저항도 해보지 못하고 허망하게 사라지는 과정을 서술한 교과서는 비극적인 소설과 다를 바 없었다.

차일피일 미루다가 교재를 구입하여 국사 공부를 시작했다. 그런데 이게 웬일인가. 국사 교과서는 그동안 개정을 거듭하여 근현대사의 많은 부분을 새롭게 서술하고 있었다. 개정한 교과서는 우리 민족이 외세의 억압에 굴복하지 않고 분연히 일어나서 저항한 역사를 중심으로 서술하여 자긍심을 갖게 했다.

갑오개혁 이후 근대국가를 수립하려는 노력은 자랑스러웠고, 국권침탈에 맞서 일어선 많은 의병의 활동은 손에 힘을 불끈 쥐게 만들었다. 국권을 빼앗긴 후 국내와 해외에서 벌인 독립 운동가와 단체 그리고 민족의 독립을 위해 투쟁한 기록을 정리하는 일은 버거웠지만 보람 있었다. 목숨을 걸고 국권회복을 위해 투쟁한 독립 운동가들의 활동은 가슴을 뜨겁게 했다.

간악한 일본에게 외교권은 빼앗기고, 황제는 강제 퇴위되었으며 군대는 강제 해산 당했다. 정부는 무기력하고 사회 지도층은 국제정세를 제대로 파악하지 못하고 우왕좌왕했다. 이처럼 암울한 시기에 하얼빈역 앞에서 울려 퍼진 대한제국 의병대장 안중근의 총소리는 장엄했고, 일제의 탄압에 신음하던 백성에게는 통쾌한 울림이 되었다.

적의 심장에 총을 쏜 대한제국 의병대장 안중근은 당당했다. 그는 조선이 사는 길은 한중일이 평화를 유지하고 합심하여 서양의 침략을 저지해야 한다고 생각했다. 그러므로 조선을 침략하고 동양평화를 파괴한 이토 히로부미는 제거의 대상이었다.

'누가 죄인인가, 누가 죄인인가' 영화 속의 뮤지컬 배우들은 절규하며 부르짖는다. 그들은 동양평화를 깨트린 자가 죄인인가, 동양평화를 깨트린 침략자를 처단한 사람이 죄인인가라고 역사에 묻고 있다. 가슴이 뭉클하면서도 슬픈 마음을 주체하기 어렵다. 민족을 위해 자신을 기꺼이 희생하는 영웅을 보니 가슴이 벅차고, 대의를 위해 방아쇠를 당겼지만 힘없는 나라의 백성으로 태어난 죄로 단두대에 서는 모습이 마음을 아리게 한다.

영웅이 그리워지는 시대다. 갈라진 민족을 하나로 통일하고 어떤 나라도 넘볼 수 없는 강대한 나라를 만들 수 있는 꿈과 지략을 갖춘 영웅이 기다려진다.

항소하여 구차하게 삶을 연명하려하지마라.

그 아들에 그 어머니다.

_____6 4월의 함성

4월이 오면 함성이 귓가에 맴돈다. 먹구름이 잔뜩 낀 1980년 4월, 캠퍼스는 출정을 앞둔 젊은이들의 혈기로 가득했다.

대학가 좁은 길을 빠져나온 선발대는 노량진으로 가는 대로에 들어섰다. 정경대 학생들이 맨 앞에서 길을 만들어 나갔다. 광화문으로 가는 길은 한강 대교를 건너는 것이 가깝지만 경비가 삼엄하여 우회로를 찾았다.

대방동을 지나 여의도로 진입하여 원효대교를 놓기 위해 만든 임시가교를 건너기로 했다. 다른 대학과도 그곳에서 합류하기로 약속이 되어 있었다. 그러나 그곳에도 정보를 입수한 경찰의 경비가 삼엄했고, 원효대교 임시가교도 일부 철거하여 건너는 것은 불가능했다.

이제 한강을 건널 곳은 마포대교 밖에 없다. 구호를 외치며 여의도 광장으로 이동하여 다른 대학과 합세하여 대오를 정비했다.

마포대교 입구에도 경찰은 이중 삼중의 바리게이트를 치고 대기하고 있었다. 대형을 이룬 전투경찰이 앞에 서고 뒤에는 최루탄 가스총을 든 경찰이 발포명령을 기다리고 있었다. "독재 타도! 독재 타도! 타도하자! 전두환!"을 목청껏 외쳤다. 젊은 혈기에서 쏟아져 나오는 함성은 우렁찼고 주변을 압도했다. 여의도 광장은 민주주의를 열망하는 학생과 이를 저지하려는 군부세력이 충돌하는 역사의 현장이었다.

대오를 정비하고 힘으로 밀어붙이기 시작했다. "와!"하는 함성과 함께 선두가 경찰과 접촉하려는 순간 최루탄 가스총이 불을 뿜기 시작했다. 순식간에 주변은 최루탄 가스로 뒤덮이며 대오는 흩어졌다.

갑자기 소나기가 내리기 시작했다. 최루탄 가스가 빗물에 섞여 옷 속에 스며들면서 피부는 따갑고 눈물과 콧물이 뒤섞여 앞을 가늠하기도 어려웠다. 여의도 순복음 교회 방향에서 바람이 불어오는 것을 확인하고 그쪽으로 무조건 달렸다. 빗물에 젖은 몸이 으스스하고 전신이 따끔거려 견디기 어려웠다. 가까스로 택시를 얻어 타고 현장을 벗어났다.

독재를 타도하고 민주주의를 쟁취하겠다는 뜨거운 마음을 품고 출정했지만 사전에 철저하게 준비한 경찰의 방어에 속수무책이었다. 심한 몸살과 감기로 일주일 동안 꼼짝 못하고 집에 머무르면서 공권력에 무기력하게 무너진 우리들의 꿈을 되돌아보았다.

박정희 대통령이 서거하면서 3선 개헌과 10월 유신으로 이어지는 독재 시대가 막을 내린 줄 알았다. 그러나 신군부 세력이 일시적인 권력공백 상황을 이용하여 정권을 잡으려는 움직임을 보이면서 민주주의를 열망하던 국민의 저항이 시작되었다. 그 선봉은 대학생이었다.

권력에 맞서며 우리가 이루고자 했던 것은 무엇이었던가. 개인의 이익을 얻고자 힘을 합친 것이 아니요, 오직 공평하고 정의로운 사회를 만들어 독재 권력의 횡포에서 벗어나 시민으로서의 권리를 온전히 누리는 민주주의 사회를 꿈꾸며 하나가 되었다.

나라와 민족을 위해 불의한 세력에 저항했던 정신은 3.1운동에서부터 4.19혁명을 거치면서 면면히 이어져 내려왔다. 이러한 전통이 민주주의를 역행하는 서슬 퍼런 군부세력에게 저항하는 용기를 주었다. 비록 우리들의 꿈은 미완성으로 끝났지만 민주화의 열기는 이 땅에 민주주의를 꽃피우는 마중물 역할은 했다고 자부하고 싶다. 민주주의는 피를 먹고 자란다고 한다. 현 세대가 누리는 자유와 평화는 앞선 세대의 많은 피와 땀 그리고 노력의 결과물이다. 많은 대가를 지불하고 쟁취한 민주주의 사회에서 우리는 세계 어디에 내놓아도 부끄럽지 않은 국가로 성장했다. 한국의 경제발전과 문화발전이 성숙한 민주주의 사회였기에 가능했다고 본다면 우리는 분명 민주주의를 위해 헌신한 선배들에게 빚을 지고 있는 셈이다.

4월이 오면 지금도 그 때의 함성이 들리는 듯하다. 그 함성은 이 땅에 민주주의를 뿌리내리겠다는 열망이 담긴 소리다. 다시는 외세에 짓밟히지 않는 위대한 국가를 만들자는 간절한 소망이 담긴 외침이다.

권력에 맞서 이루고자 했던 것은
개인의 이익을 얻고자 힘을 합친 것이 아니었다.
 오직 독재 권력의 횡포에서 벗어나
공평하고 정의로운 사회를 만들어
시민으로서의 권리를 온전히 누리는 민주주의 사회를 꿈꾸며
하나가 되었다.

_____7 휴대폰 없는 낙원

매년 12월 말이 되어 고등학교가 방학에 들어가면 대학입시 기숙학원은 예비 고3 학생을 모집하기 위해 분주하다. 겨울방학 동안 자녀들이 공백 없이 공부하기를 바라는 부모들과 공부하는 습관을 갖고 싶은 학생들이 기숙학원 문을 두드린다.

개강하는 날은 자녀를 태우고 온 승용차들이 운동장에 즐비하다. 자녀를 학원에 내려주고 발걸음이 쉽게 떨어지지 않는 부모는 자녀를 연신 포옹하며 격려한다. 한 달 동안 부모와 떨어져 낯선 곳에서 지내야 한다는 생각에 학생들은 불안한 기색이 역력하다.

학원 복으로 갈아입고 반과 숙소를 배정 받고 나면 컴퓨터, 휴대폰, 텔레비전과 같은 문명의 이기와 접촉할 수 없고, 부모와 친구들도 만날 수 없는 고립된 환경에서 짧지만 긴 한 달간의 생활이 시작된다.

올해도 예비 고3 담임을 배정 받았다. 첫 2~3일 간은 절간 같은 분위기에서 아이들이 공부하려고 노력하는 모습을 보면 대견스럽기도 하지만 어미 잃은 망아지처럼 외롭고 불쌍해 보이기도 한다. 그러나 딱 2, 3일 정도만 그렇게 보인다. 며칠 지나면 교실은 완전 딴 세상이다. 고삐 풀린 망아지처럼 천방지축이요, 오도 방정이요, 남녀 대화가 금지 되었음에도 불구하고 남녀가 서로 떠들고 장난치는 모습이 흡사 몇 년 만에 명품세일에 나선 백화점 행사 매장을 방불케 한다.

같은 고3이라는 또래의식이 마음을 쉽게 열고 친해질 수 있도록 하는 것 같다. 학교의 울타리를 벗어나 새롭고 낯선 곳에서 처음 만나는 또래들에 대한 호기심도 있을 것이다. 그러나 이런 요인만 갖고 용암이 분출하듯 일어나는 그들의 내적 분출을 설명하기에는 미흡해 보인다. 오히려 틀에 박힌 일상에서 벗어나면서 만나는 새로운 세상에 흥분하고 있는 것일 수도 있다. 아니면 휴대폰의 노예에서 벗어나 자유를 찾으면서 눌려있던 청춘의 뜨거운 가슴이 폭발하고 있는 것일지도 모른다.

누구에게나 필수품이 된 휴대폰의 영향이 클 것이다. 휴대폰은 휴대폰 소유자의 분신이면서 친구다. 길을 잃어도 걱정할 필요가 없다. 휴대폰에서 찾아보면 되니까. 맛 집 찾는 걱정을 안 해도 된다. 휴대폰은 알고 있으니까. 많은 지식을 머리에 넣고 다닐 필요도 없다. 휴대폰은 상상하기 힘든 많은 지식을 찾아주니까.

휴대폰은 이제 삶의 곳곳에서 주인이 되어 새로운 풍속도를 만들고 있다. 우리 집의 분위기도 휴대폰이 장악한지 오래다. 언제부터인가 내가 원하는 텔레비전 프로그램을 보고 있으면 아내와 딸은 휴대폰 속으로 들어가 자신들만의 세상을 찾아 유람하기 시작했다. 몸은 같은 공간 안에 있지만 마음은 서로 다른 곳에서 자유를 찾고 있다.

학생들도 휴대폰 속의 게임, 연예계 뉴스, 스포츠 뉴스 등을 유람하며 지냈을 것이다. 친구끼리 얼굴을 마주 보며 대화하기보다는 문자로 주고받는 게 일상화 된 그들이다.

시끄럽게 떠들고 장난치는 아이들의 모습이 행복해 보인다. 그래 이것이 너희들의 본래 모습이야. 이러면서 성장해야 돼. 한 달 간의 겨울 캠프는 휴대폰 없이 한달 간 살아보기 캠프가 된다. 어렸을 때부터 휴대폰과 함께 살았던 아이들은 난생처음으로 휴대폰 없는 낙원에서 경험한 색다른 체험이 오래도록 기억에 남으리라.

쉬는 시간이 끝나고 공부해야 하는 시간이다. 하지만 그들의 향연은 쉽게 가라앉지 않는다. 혼을 내주고, 어르고 달래고, 부모님한테 문자 보낸다고 겁주고, 교훈이 담긴 이야기를 해주다 보면 어느새 헤어져야 할 시간이다. 지지고 볶으면서 정이 들었다. 만남은 이별을 전제로 하기에 아이들을 격려하며 만남을 마무리하지만 헤어질 때면 언제나 아쉬움이 남는다.

틀에 박힌 일상에서 벗어나면서 만나는
새로운 낙원에 흥분하고 있는 것일 수도 있다.
아니면 휴대폰의 노예에서 벗어나 자유를 찾으면서
눌려있던 청춘의 뜨거운 가슴이 폭발하고 있는 것일지도 모른다.
그래 이것이 너희들의 본래 모습이야.

_____8 햇살 가득한 공원

요즈음 가장 핫한 곳은 '햇살 가득한 공원'이다.

이 공원에 들어가기 위해서는 반드시 남녀 한 쌍이어야 한다. 부부, 연인, 딸과 아버지, 아들과 어머니, 손녀와 할아버지, 손자와 할머니, 남매 등이어야 한다. 이런 조건은 인간의 원초적 본능을 회복하려는 소박하지만 갈급한 소망을 갖고 만들어진 공원임을 말해 준다. 사전 예약제로 운영되며 넉넉한 대화공간을 유지하기 위해 일일 입장객을 제한하고 있다. 또한 공원에 입장하는 순간 휴대폰은 사진을 찍거나 동영상을 촬영하는 기능 외에는 모든 기능이 정지된다.

아내와 함께 가기로 예약을 했다. 아내가 먼저 가자고 제안을 했다. 나는 망설였다. 낯선 곳보다 익숙한 것을 좋아하는 취향 탓이다. 함께 메타스퀘어 길을 산책하고 밤하늘의 별을 보고 싶다는 아내의 설득에 마지못해 승낙했다.

공원 정문에 들어섰다. 향로의 받침대를 닮은 기둥위에 놓여 있는 비행접시가 낯선 세계에 왔음을 실감케 한다. 4층 높이의 비행접시는 엘리베이터를 이용하여 올라갈 수도 있고, 받침대에 만들어진 계단을 걸어서 오를 수도 있다. 우리는 계단을 이용하여 천천히 올라갔다.

비행접시 안에는 두 명만이 앉을 수 있는 카페와 식당이 있다. 커피를 마시면서 주변을 내려다본다. 잘 가꾸어진 숲과 연못이 마치 별천지에 온 듯하다. 남녀가 모두 짝을 지어 거니는 모습이 또 다른 세상에 왔음을 실감케 한다. 벤치에 앉아 다정하게 손잡고 대화하는 연인, 몸이 불편한 어머니를 휠체어에 태우고 가는 아들, 손녀가 지팡이를 짚고 걷는 할아버지 옆에 바짝 붙어서 재롱 피우며 산책하는 모습이 동화에서 보는 그림과 같다.

아내와 함께 그들 틈에 끼어 연못 주변을 걸었다. 연못 가운데 있는 커다란 분수대는 하늘 높이 물줄기를 토해내고 주변 작은 분수대는 잔잔하게 흐르는 호두까기 인형 발레 선율에 따라 물줄기를 뿜어댄다. 하얗게 부서지는 물줄기에 무지개가 뜨자 아내는 환호성을 지른다.

메타스퀘어가 시원한 그늘을 만들고 프랭크 시나트라가 부르는 마이웨이가 잔잔하게 흐르는 굽은 길을 걸었다. 아내의 손을 잡았다. 남녀만이 올 수 있는 생소한 곳에 온 탓일까, 처음 손을 잡는 것처럼 가슴이 콩닥거렸다. 무슨 말을 해야 할 것 같은데 생각이 나지 않는다. 평상시 하던 진부한 얘기 말고 어떤 의미 있는 말을 하고 싶은데 긴장이 된다. 불쑥 튀어 나오는 말이 올해가 우리 결혼 몇 년 째인지 알고 있어? 벌써 그렇게 됐나?

아내와 함께 걸어온 길을 되돌아본다. 마이 웨이의 가사처럼 후회가 있기도 하고, 과욕을 부릴 때도 있었지만 우리는 우리만의 방식대로 살아왔다는 사실에 서로 공감한다. 아내라는 여자가 있었기에 나라는 남자가 있었기에 우리의 삶이 세상 지식으로는 터득할 수 없는 사랑을 경험하고, 자녀라는 고귀한 생명을 얻은 것에 감사하는 마음을 잊고 지내왔음을 새삼 깨닫게 된다.

지팡이를 짚고 걷는 할아버지를 허리가 구부정한 할머니가 손을 잡고 조심조심 걷는다. 할아버지 손을 잡은 할머니는 걸음이 불편한 할아버지에게 의지가 되고 자신은 할아버지에게 의지함으로 허리를 좀 더 꼿꼿이 펴고 걸으면서 서로 눈을 마주치며 미소를 짓는다. 그들은 서로 의지하며 살아온 지난날을 회상하며 행복했던 순간들을 소환하고 있지 않을까 싶다.

저녁식사 시간이 되면서 비행접시 안에는 사람들로 북적거린다. 이 사람들은 왜 이곳에 왔을까. 서로 상한 감정을 회복하려고 여기에 왔을까. 아니면 서로의 깊은 정을 확인하고 추억으로 남기고 싶어서일까. 문명에 찌든 마음을 청소하고 순수한 감성으로 돌아가려는 본능적 욕구 때문일까. 별이 보고 싶다는 아내의 속마음도 사실은 다른 이유가 있지 않을까. 자신이 여자임을 스스로 확인하고, 남편한테도 확인 받고 싶었던 것은 아닐까.

카페는 둘만의 세상이다. 딸은 아빠의 말을 경청하며 의미심장한 미소를 보낸다. 연로해 보이는 남녀는 거리를 좁히고 앉아 귓속말을 주고받으며 미소를 주고받는다. 할머니는 귀가 어두운지 손자가 큰소리로 귀에 대고 얘기하면 옳다고 연신 고개를 끄덕인다.

비행접시 유리지붕으로 별이 보이기 시작한다. 어둠이 짙어질수록 별은 더욱 초롱초롱하다. 그 중에 유난히 크고 초롱초롱한 별이 갑자기 섬뜩할 정도로 날카로운 빛을 내며 빠른 속도로 비행접시로 접근해 왔다. 나는 깜짝 놀라 눈을 번쩍 떴다.

꿈인지 생시인지 혼란스럽다. 분명히 소설가 김영하의 장편소설 '작별인사'를 읽고 있었는데 나는 어디에서 무엇을 하고 있었던 것일까. 아빠와 단둘이 살던 철이는 자신이 사람인 줄 알고 지내왔다. 눈, 코, 입, 피부 등이 사람과 다를 바가 없고, 때가 되면 밥을 챙겨먹는 자신을 사람이라고 의심한 적이 없었다. 하지만 어느 날 자신이 호모노이드란 것을 알게 되면서 정체성 혼란을 겪는다. 사람의 존재는 남녀의 결합으로 존재한다는 당연한 진리가 무너지는 미래사회가 두려움으로 다가온다. '햇살 가득한 공원'은 미래사회의 두려움을 극복하는 대안이 무엇인가를 고민하다가 만난 꿈같은 상상이다.

'작별인사'는 인간의 신체와 유사한 형태를 지닌 로봇 휴머노이드가 등장하는 미래사회를 그리고 있다. 미래사회는 배우자와 자녀를 맞춤형 휴머노이드로 대신하는 사람들이 증가하면서 전통적인 가족의 모습은 점차 사라져 간다. 그들에게 사랑하는 남녀 결합으로 이루어지는 가족은 비생산적이고 번거로운 존재일 뿐이다. 휴머노이드가 또 다른 휴머노이드를 만들면서 인간은 차츰 자취를 감추고 선이의 작별인사로 인류는 종말을 맞는다.

　미래 세계는 사람을 대신하는 로봇이 대거 등장하면서 전통적인 남자와 여자의 관계가 허물어진다. 그 결과 지구상에서 인간은 점차 사라지는 존재가 된다. 위기를 감지한 인간이 종족 보존을 위한 대안으로 '햇살 가득한 공원'과 같은 테마파크를 만들어 종족보존을 위한 눈물겨운 사투를 벌여야 할지도 모른다.

공원에 들어가기 위해서는 반드시 남녀 한 쌍이어야 한다.
미래 세계는 종족 보존을 위한 대안으로
'햇살 가득한 공원'과 같은 테마파크를 만들어
종족보존을 위한 눈물겨운 사투를 벌여야 할지도 모른다.

_____ 9 서낭당 추억

마을 뒷산을 넘어가는 고갯마루에 굵고 커다란 참나무가 있는 서낭당이 있었다. 가을에 참나무를 흔들어 도토리를 주우면서도 서낭당 참나무 도토리는 주우려고 하지 않았다. 왠지 모르게 옆에 가면 으스스하고, 무언가가 잡아당길 것 같은 공포심이 생기던 서낭당이었다.

서낭당을 지나가려면 돌을 던지는 풍습이 있었다. 어른들로부터 돌을 던지고 가거나 돌이 없으면 침이라도 뱉고 가라는 말을 들었다. 왜 그래야 하는지 어른들은 이유를 설명하지 않았지만 우리도 어른들에게 왜 그래야 하는지 물어보지 않고 시키는 대로 했다. 처음에는 친구들과 돌을 던지고 지나가는 게 재미있었다. 그러나 시간이 지나면서 누군가가 먼저 돌을 던지고 뛰어가면 모든 아이들이 나 살려라 하고 달음박질을 쳤다. 서낭당에 다가가면 돌을 던지고 뒤도 돌아보지 않고 뛰어가는 장난을 반복하면서 서낭당을 지나가는 고갯길이 무서워지기 시작했다.

친구들과 함께 갈 때는 서로 의지하는 마음이 있어 그래도 안심이 되었다. 하지만 혼자 서낭당을 지나가야 하는 날은 멀리서 서낭당을 보기만 해도 가슴이 쿵쾅거렸다. 그래도 돌을 손에 꽉 쥐고 고개를 오르면 조금은 위로가 되었다. 발소리를 죽이며 살금살금 걸어가다가 고갯마루에 다가가면 돌을 휙 집어 던지고, 입안에 모아놓은 침까지 힘껏 뱉고는 줄행랑을 쳤다.

서낭당에서 멀어지면 가슴을 쓸어내리면서 고갯마루를 돌아다 봤다. 고갯마루에 서 있는 참나무는 변함이 없다. 언제나 같은 모습이지만 그 곳은 두려워하면 할수록 더 무서운 존재로 다가왔다.

어두운 밤에 누나와 고갯마루를 넘은 일이 있었다. 나는 누나의 손을 꼭 잡고 숨죽이며 고개를 넘었다. 고개를 넘어가자 누나는 남자 동생과 함께 걸어서 무섭지 않았다고 하는 말에 나는 하나도 무섭지 않았다며 너스레를 떨었다. 사실 나도 손바닥에 땀이 흥건할 정도로 긴장하였지만 누나를 의지해서 두려움을 이기고 힘들게 고개를 넘을 수 있었다.

중학교 시절에는 가을이면 도토리 줍기에 나섰다. 마을은 삼면이 참나무와 소나무가 자라는 낮은 산으로 둘러 쌓여있었다. 떡메로 참나무를 때리면 도토리가 우수수 떨어졌다. 모든 참나무에는 떡메로 맞은 자국이 선명했다. 도토리가 달리기 시작하면서 매년 떡메로 맞으며 자란 참나무는 나무가 굵어지면서 떡메로 맞은 상처자국도 그만큼 커졌다.

그러나 나는 서낭당 참나무는 떡메로 때려 도토리를 털지 못했다. 근처로 가기도 어려운데 떡메질은 생각만 해도 불경스러운 일이었다. 돌을 던지며 신성시 하던 서낭당에 있는 나무를 떡메로 두들길 수는 없었다.

아궁이에 불을 때던 시절에는 가을 추수가 끝나면 땔감을 준비해야 했다. 농산물을 수확한 후에 나오는 부산물로는 부족하여 산에서 땔감을 채취했다. 어느 날 서낭당 주변에서 도토리를 줍다가 서낭당 참나무 주변의 싸리나무와 키 큰 풀들이 깔끔하게 베어져 있는 것을 보았다. 아니 누가 감히 서낭당 안의 풀을 벨 수 있단 말인가. 가까이에 가서 보니 서낭당 참나무도 떡메에 얻어맞은 자리가 선명하게 보였다. 충격이었다. 서낭당은 신성하고 두려운 곳인 줄 알았는데, 서낭당 안에 들어가서 풀을 베고 신성시하던 참나무를 떡메로 때려 도토리를 줍다니 어안이 벙벙했다.

서낭당 옆을 지나갈 때는 돌을 던지거나 침을 뱉어야 한다는 어른들의 얘기를 듣기 전에는 서낭당은 평범한 산의 일부였다. 어른들이 그냥 지나치면 안 된다고 말하면서 그 곳은 막연히 무섭고 지나가기 부담스러운 서낭당으로 변했다.

친구들과 고개를 넘으면서 도망가는 장난만 하지 않았어도 서낭당이 그렇게 오래도록 무서운 곳으로 남지 않았을지도 모른다. 이런 추억을 친구들에게 얘기하면 기억이 전혀 없다는 친구가 있는 반면 재미있었다고 껄껄 웃는 친구도 있다. 서낭당 참나무 옆에 쌓인 돌무덤은 개구쟁이들의 추억을 지금도 간직하고 있을지 모르겠다.

'왜요'라는 말 한마디를 어른들에게 하지 못하고 우직하게 어른들의 말을 따랐던 순진함이 억울함으로 얼굴을 바꾸고 나에게 질문한다. 돌을 던져야 하는 이유, 아니면 침이라도 뱉어야 하는 이유를 왜 물어보지 않았느냐고.

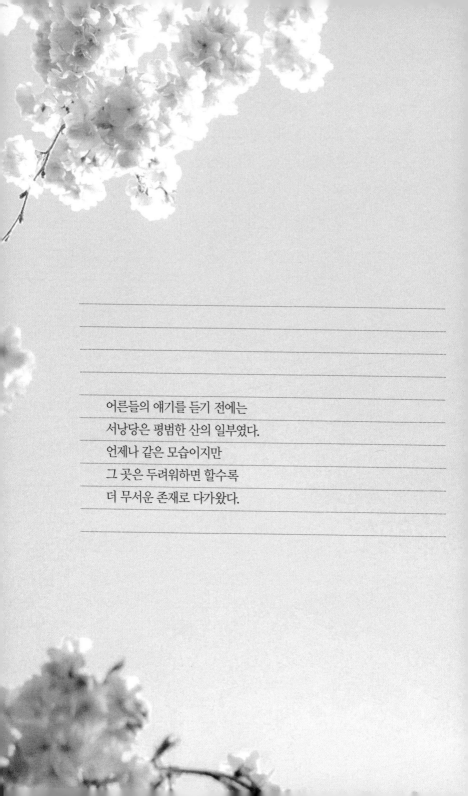

어른들의 얘기를 듣기 전에는
서낭당은 평범한 산의 일부였다.
언제나 같은 모습이지만
그 곳은 두려워하면 할수록
더 무서운 존재로 다가왔다.

4장 | 삶은 살아 내는 것

_____1 두려움을 용기로 바꾼다면

삶은 선택의 연속이다. 한 사람의 인생은 자신이 선택하고 걸어온 길이다. 스스로 선택한 길이 있는가 하면, 억지 춘향으로 선택한 길도 있다. 맞바람이 불어 걷기 힘든 길도 있고 순풍이 불어 수월하게 걷는 길도 있다.

주식 거래는 스스로 선택한 길이다. 만족스럽지 못한 직장 생활에 회의를 느껴 주식거래를 대안으로 선택했다. 하지만 지금 생각해보면 막다른 골목에서 결정한 어쩔 수 없는 선택이었는지도 모른다.

초행길을 나서면서 밀려오는 두려움은 애써 외면했다. 좋은 일만 있을 거라고 생각했다. 주식 거래하면서 쪽박 찬 사람들이 있다지만 그것은 다른 사람 일이다. 나에게는 일어날 수 없는 남의 일이라는 선택적 사고를 하며 불안한 마음을 추슬렀다. 나는 꽃길을 걷고 투자한 자금의 몇 배 수익을 거둘 수 있을 거라는 막연한 꿈을 꾸었다. 그런 허황된 기대감에 들떠서 밤잠을 설치기도 했다.

그러나 주식 시장은 마치 약육강식이 지배하는 정글과 같다는 현실을 깨닫는 데는 많은 시간이 걸리지 않았다. 주가가 오를 것 같아 따라 붙으면 떨어지고, 주가가 하락할 것으로 예상하고 손실을 줄이기 위해 매도하고 나면 주가는 올라간다. 그렇게 사고팔기를 반복하다 보면 어느새 원금은 반 토막이 났다.

다시 원금을 회복하려고 신중하게 종목 선정을 하고 도전하지만 원금은 더 멀리 달아났다. 쌈짓돈을 긁어모아 재도전하지만 결과는 마찬가지였다.

주식은 종목을 매수한 후 가격이 올라야 수익을 얻는 상품이다. 이에 반해 선물은 주가 지수나 종목의 가격이 상승할 때는 상승에, 하락할 때는 하락에 베팅하면 수익을 얻는 구조다. 선물 거래는 주식 거래와 비교해 레버리지가 여덟 배 정도 되는 고위험 고수익 상품이다.

나는 스스로 선택한 길에서 패배를 인정하고 싶지 않았다. 돌아갈 길도 없다. 이번에는 신발을 바꿔 신고 선물을 매매하는 길로 들어섰다.

레버리지가 높은 선물 시장은 정글 정도가 아니라 불꽃놀이터다. 나는 불꽃놀이에 참가한 불나방 같은 존재였다. 불꽃놀이에서 세 번 화상을 입었다. 정신은 피폐해지고 극한 상황으로 몰렸다.

왜 내가 가는 길마다 맞바람만 부는가. 왜 한 번도 성공하지 못하는 길에서 주저하고 있는가. 왜 다른 길을 찾아 나서지 못하는가. 실패의 원인은 무엇인가. 꽃길은 어디가고 흡혈귀 가득한 길만 연속해서 이어지는가. 꽃길이라고 여겼던 길이 알고 보니 흡혈귀만 가득한 길이었다.

영화 '명량'에서 수백 척의 왜선이 몰려올 때 아군의 병력은 겁을 먹고 뒤로 물러난다. 이순신 장군의 아들이 아버지에게 두렵지 않느냐고 조심스럽게 묻는다. 장군은 "두려움을 용기로 바꾼다면 승산이 있다"고 힘주어 말한다. 이순신 장군은 두려움을 용기로 바꾸고 전투에 나선 명량해전에서 세계 해전 역사에 길이 남는 대승을 거두었다.

두려움이 문제다. 주식거래나 선물거래에서 수익을 거두지 못하고 실패하는 가장 큰 원인은 손실이 거듭되면서 마음속에 꽉 찬 두려움 때문이다. 손실에 대한 두려움이 커질수록 공포감에 사로잡힌 상태에서 빈번하게 매매를 하면서 손실을 키웠다.

두려움을 용기로 바꾼다면 자신감을 회복하고, 시장의 움직임에 적절하게 대응해 수익을 얻을 수 있겠다는 생각에 또 장밋빛 무지개를 그리기 시작했다. 꽃길을 걸을 수 있겠다는 부푼 꿈을 안고 나는 여섯 번째 행장을 꾸리고 길을 나섰다.

그러나 맞바람은 쉽게 순풍에 자리를 내주지 않았다. 순풍이 분다고 안도하는 순간 맞바람에 부딪쳐 고전했다. 그럴수록 마음 깊숙하게 자리 잡은 두려움을 용기로 바꾸려고 발버둥을 쳤다.

두려움을 버리고 용기를 갖게 되면서 순풍이 부는 수월한 길이 조금씩 보이기 시작했다. 용기는 탐욕을 억제하고 다양한 투자기법에 눈을 뜨게 했다. 그동안의 손실을 모두 회복하고, 덤으로 용기를 갖는다면 무엇이든 성취할 수 있다는 자신감을 얻었다.

자본주의 증권시장에서 걷는 길은 풀 한 포기 없는 사막과 같은 황량한 길이다. 내면에 탐욕으로 가득한 군상들이 승부를 펼치는 냉혹한 시장이다. 패자에게 자비란 없다. 승자만이 생존하는 전쟁터다.

전쟁터에서 긴 시간을 보냈다. 이제는 벗어나고 싶다. 자연을 벗 삼으며 사람 냄새 나는 곳을 찾아 길을 떠나고 싶다.

새로운 길에도 지뢰는 존재할 것이다. 가보지 않은 길이기에 걱정과 두려움도 따라오리라. 그러나 걱정과 두려움을 용기로 바꾼다면 어떤 선택도 순풍의 길로 만들 수 있다는 믿음으로 발걸음을 옮긴다.

실패라는 두려움에 무릎 꿇은 사람은 실패자다.
그러나 적어도 실패라는 두려움에 당당히 맞선 사람은
실패자는 아니다.

_____ 2 무지개를 볼 때마다

딸이 손자와 손녀를 한 번에 출산했다. 인구절벽 시대에 둘이나 낳았으니 애국자가 따로 없다. 초저출산으로 인한 심각한 인구감소가 현실로 다가오면서 정부나 지방자치단체에서 다양한 출산장려 정책을 시행한지 여러 해가 지났다. 하지만 2022년 합계출산율은 0.78이다. 많은 돈을 쏟아 붓고도 OECD 국가 최저의 출산율을 기록하고 있는 상황에서 딸의 쌍둥이 출산은 가족에게는 큰 경사요, 국가적으로도 경축할 일이다.

태어난 지 몇 달 후 뒤집기하려고 용을 쓰고, 기어 다니려고 발버둥치는 모습에서 생명의 신비를 느낀다. 손녀의 볼을 톡톡 치며 예쁘다고 했더니 울음을 터트렸다. 그 후 손녀는 얼굴을 쳐다보기만 해도 울면서 얼굴을 돌렸다. 어린 것이 할아버지가 볼을 톡톡치는 것을 폭

력으로 알았던 모양이다. 두 달 정도 지나 손녀 앞에서 재롱부리며 웃게 만들었더니 그 때서야 안아주는 것을 허락했다. 감지덕지 했다.

아이들은 먹고, 보고, 행하는 모든 것이 첫 경험이다. 생후 12개월이 되면서 일어서기를 반복하다가 걸음마를 떼기 시작했다. 몇 발자국을 걷다가 넘어지곤 하더니 어느새 걸음마가 자연스럽다. 걷기 시작하면서 눈에 보이는 물건은 죄다 건드렸다.

호기심을 채우려고 하루 종일 분주하게 움직이는 손주들을 보면서 나 자신을 돌아보았다. 매일 무덤덤한 생활에 머물러 있는 모습이다. 무엇인가에 도전해 생활에 변화를 주어야겠다는 생각이 밀려왔다. 고민하다가 글을 쓰기로 했다. 학원에서 학생들에게 들려주면 박장대소하며 좋아했던 재미있고 교훈적인 얘기를 글로 쓰면 되겠다는 생각에 펜을 들었다.

글쓰기는 말하는 것과 큰 차이가 없을 것으로 생각했다. 학생들에게 해주던 말을 그대로 문자로 옮기면 글이 될 줄 알았다. 커다란 착각이었다. 글 쓰는 작업은 입으로 전하는 것과는 다른 영역임을 깨닫는 데는 많은 시간이 필요하지 않았다.

아이들이 말을 배우기 위해 정확하지 않은 발음을 무한 반복하듯 어색한 문장을 쓰고 다듬기를 거듭했다. 어색하던 문장이 줄어들고 하나의 주제에 대한 글이 그런대로 형태를 갖추기 시작했다.

글 쓰는 작업은 과거와 미래와 현재의 세상을 하나로 합해 또 다른 세상을 창조하는 일이다. 글 속의 세계에서는 오래된 추억과 상상 속의 무지개가 살아 꿈틀거리며 정겨운 모습으로 다가오기도 하고 무심히 넘기던 일들이 가슴을 설레게도 한다. 하늘의 무지개를 바라볼 때마다 가슴이 설렌다는 낭만파 시인 윌리엄 워즈워스의 시처럼 문장을 완성할 때마다 전율을 느낀다.

> 하늘의 무지개를 볼 때마다 내 가슴 설레느니,
> 나 어린 시절에 그러했고 다 자란 오늘에도 매한가지,
> 쉰 예순에도 그렇지 못하다면 차라리 죽음이 나으리라.
> 어린이는 어른의 아버지 바라노니 나의 하루하루가
> 자연의 믿음에 매어지고자.
> ─무지개 (윌리엄 워즈워스)

손주들이 보는 세상은 모두가 호기심 천국이다. 호기심을 갖는 일들은 설렘의 대상이다. 어린이 집에 가는 길이 신나고 친구들과 어울려 장난감을 갖고 노는 것뿐 아니라 엄마의 정성어린 음식도 설레는 마음으로 기다린다.

글감을 찾기 위해 무심하게 흘려보내던 일들을 새롭게 바라보게 된다. 이름 모를 작은 꽃이라도 이제는 꽃잎의 생김새나 색깔을 관찰하고 향기를 맡아 본다. 가을이면 떨어진 낙엽을 보며 사색에 잠긴다. 글을 쓰면서 세상을 바라보는 시각이 변하고 있음을 발견한다.

어린 시절 무지개를 바라보며 경탄하던 감성이 살아난다. 쏟아져 들어오는 아침 햇살이 오감을 깨운다. 설레는 마음으로 하루를 시작한다.

'어린이는 어른의 아버지'라고 갈파한 시인의 음성이 들리는 듯하다. 손주들에게서 잊고 있었던 무지개를 발견한다. 자연의 믿음에 매여 설렘으로 사는 아이들에게서 삶의 지혜를 발견한다.

어린이가 어른의 아버지인 까닭은 '경탄'할 줄 알기 때문인가.

아이들이 보는 세상은 모두가 호기심 천국이다.

호기심을 갖는 일들은 설렘의 대상이다.

매일 매일이 설레는 마음으로 이어지기를 소망한다.

_____3 게으름에 빠져보기

학자들은 농업사회 100년의 변화가 산업사회에서는 1년 만에 변했다고 한다. 산업사회 10년 동안의 변화는 정보화 사회에서 1년이면 족하다고 한다. 결국 정보화 사회에서 살고 있는 우리는 농업사회 1000년의 변화를 1년 동안에 경험하는 셈이다.

시끌벅적한 시장에서 티셔츠 하나 사기위해 점원과 가격을 흥정하던 일이 엊그제 같다. 하나를 더 사면 가격을 깎아 준다는 상술에 하나 더 구입했다. 매장을 나서면서 싼 가격에 구입했다는 흡족한 마음과 또 상술에 속았다는 기분이 교차했던 적이 한 두 번이 아니었다.

상인과 흥정하던 사람 냄새나는 상품구매는 정가제가 보편화되면서 추억의 뒤안길로 밀려났다. 매장에 가서 상품을 가격과 비교하며 구매하던 일은 이제 전자 상거래에 자리를 넘겨준 지 오래다.

전자 상거래는 인터넷 사용이 익숙하지 않은 탓에 상품 구매는 자녀에게 부탁하는 일이 빈번해지고 있다. 구매하고 싶은 상품을 자녀에게 문자로 보내고 돈을 입금하면 원하던 상품이 문 앞에 도깨비처럼 놓여있는 놀라운 세상을 경험하고 있다. 이제 전자 상거래 없는 생활은 상상하기조차 힘들다.

하지만 지금까지 경험에서 얻은 삶의 방식대로 살고 싶다는 생각이 현실과 타협을 이끌어낸다. 디지털 감성 보다 아날로그 감성이 좋다는 핑계를 대지만 실은 변화를 두려워하고 현실에 안주하며 게으름에 빠져보고 싶은 속내에 다름 아니다.

빠르게 변하는 세상을 따라가기 보다는 게으름을 피우며 살고 싶다. 그러면 지금처럼 상품 구매도 제대로 하지 못하는 낯선 이방인으로 살 수밖에 없다는 것쯤은 안다.

그러나 승용차를 운전하면 앞만 보고 달리지만 옆 좌석에 앉아있으면 느긋하게 주변의 경관을 감상하며 여행할 수 있다. 여유로움 속에 상상의 나래를 펴고 파란 하늘에 흐르는 구름을 볼 수 있다. 밤하늘에 반짝이는 별과 서산을 넘어가는 달을 관조할 수 있다.

게으름은 승용차 조수석에 앉아서 가는 것과 같다. 세상일로 꽉 찬 머릿속을 비우며 빠르게 흘러가는 세상에서 잠시 벗어나 세상의 흐름을 관조할 수 있기 때문이다.

잠시 벗어난 세상은 너의 인생을 돌아보라고 한다. 너는 누구냐고 물어본다. 지천명이라는 말이 떠오른다. 인생 오십 지천명은 공자가 열다섯 살에 학문에 뜻을 두고 공부한 후 쉰 살에 하늘의 이치에 맞는 유교 윤리를 정립하고 자신의 삶을 돌아보면서 한 말이다.

쉰 살이 되어 무슨 일을 하여도 하늘의 뜻에 어긋남이 없었다는 대학자의 고백은 경이롭다. 인간의 '예'를 평생 탐구한 학자가 말하는 지천명은 어색하지 않다. 고개가 끄덕여진다. 그러나 먹고 사는 문제로 세상과 매일 부딪치며 사는 필부에게는 인생 육십을 살아도 지천명을 말하기 어렵다. 눈앞에 닥친 문제를 해결하면 또 다른 문제가 기다린다. 어느 때에 세상과 하늘의 이치를 궁구할 수 있겠는가.

정보화 시대는 세상 이치도 빠르게 변한다. 수천 년 전 공자가 살던 노나라 시대가 우마차 속도로 세월이 흘렀다면 지금은 제트비행기 속도다. 창밖으로 보이는 세상이 쏜살같이 지나가는데 어떻게 세상의 이치를 쉽게 헤아려 볼 수 있겠는가.

나이가 많다고 지혜로워지는 것은 아니다. 해가 가고 밥그릇 수가 늘었다고 지천명이 따라오는 것도 아니다. 지천명한 줄 알고 젊은이에게 내가 해봐서 아는 데하고 충고하다가는 꼰대소리 듣기 십상이다.

게으름은 변화의 중심에서 벗어나 관객의 입장이 되어 변화를 관조하는 것이다. 변화의 소용돌이에 빠지면 어지럽다. 변화를 쫓아가다 보면 길을 잃기 쉽다. 그러므로 게으름은 전광석화처럼 빠른 정보화 흐름에서 한 발 비켜서서 자신의 인생을 돌아보고 너는 누구냐는 질문에 대한 답을 찾게 해준다.

잘 놀고 재미있게 얘기하는 사람이 성공하는 시대다. 땀 흘리는 일은 자동화 기계와 로봇이 대신한다. 창의적인 아이디어가 밥 먹여 주는 세상이다.

긴장을 풀고 즐거운 마음으로 세상을 관조하는 게으름이 틀에 박힌 사고에서 벗어나 참 자유를 누릴 수 있는 여유를 준다. 영혼이 자유로운 사람이 창의적이고 인생을 즐기며 살 수 있다고 스스로 위로하며 게으름과 절친이 되어 보련다.

빠른 세상에서 잠시 벗어난 세상은 너의 인생을 돌아보라고 한다.
게으름은 변화의 중심에서 벗어나 관객의 입장이 되어 변화를
관조하는 것이다.

긴장을 풀고 즐거운 마음으로 세상을 관조하는 게으름이 틀에 박힌
사고에서 벗어나 참 자유를 얻는 길이다.

_____4 열린 귀 닫힌 귀

귀는 세상을 여는 문이다. 귀가 열려야 마음이 열리고 세상과 소통할 수 있다.

태어난 아기는 눈으로 세상을 바라보지만 귀가 열리면서 세상과 참다운 소통을 시작 한다. 아기 엄마는 아기의 귀에 대고 '엄마 해봐'라고 반복하여 부드러운 음성으로 속삭인다. 어느 날 아기가 귀에 익은 엄마라는 단어를 '엄마'라고 말하는 순간 아기 엄마는 너무 기뻐서 아기에게 볼을 비비고 따뜻하게 아기를 안아 준다. 아기는 엄마의 이러한 행복한 모습을 보고 '엄마, 엄마'를 반복하면서 엄마라는 단어를 기억하게 된다. 엄마가 자신에게 필요한 존재라는 사실을 알게 되면서 불편함을 울음으로 표현하다가 이제는 엄마를 부르면서 세상과의 대화를 시작한다. 아기가 귀를 열고 단어를 하나하나 더 익혀갈수록 세상으로 나가는 문은 점점 더 넓어진다.

팔십이 넘은 장인어른께서 양쪽 귀의 청력이 완전히 없어졌다는 의사 소견에 보청기를 서랍장에 넣으셨다. 평소 말씀을 잘하시던 분이 침묵으로 일관하신다. 처음에는 상대방의 입모양을 보고 대화를 시도하셨지만 이제는 그냥 보고만 계신다. 텔레비전을 보시면서도 아무런 표정이 없으시다. 세상 속에 있지만 세상과 단절된 삶이다. 누구나 열려 있던 귀가 닫히면 가고 싶지 않은 새로운 길을 더듬어 가야만 하는 것이다.

귀가 열려 있지만 귀를 닫고 사는 사람도 있다. 남의 말은 좀 체로 귀담아 들으려고 하지 않는다. 귓전으로 흘려듣고 나중에는 딴소리를 한다. 서로 대화가 이루어지지 않으니 자신만의 움막을 짓고 움막에 갇혀 사는 모습이다.

귀를 반만 열어 놓고 사는 사람도 있다. 자신이 듣고 싶은 것만 듣는 사람이다. 대화를 하면 자신과 관련 있는 부분만 듣고 시시비비를 건다. 전체적인 맥락을 이해하면 문제가 되지 않을 텐데도 일부분만 갖고 갑론을박 논쟁거리로 몰고 간다. 정치하는 사람들에게서 쉽게 보는 모습이다.

항상 귀를 열고 사는 사람도 있다. 귀가 열린 사람과 마주 앉아서 얘기하면 정서적 교감을 나누며 다양한 대화를 편하게 나눌 수 있어 좋다. 한 번 만나서 대화를 하면 또 다시 만나고 싶어지는 사람이다. 귀를 활짝 열면 세상이 넓어지고 깊어진다.

지금 이 순간 신이 나타나서 눈으로 보지 못하고, 귀로 듣지도 못하는 벌을 주려고 하는데 신의 자비로 원하는 것 하나는 건강하게 지켜줄 테니 선택하라고 하는 상황을 가정해 보자. 어느 것 하나도 없으면 안 되는 것이지만 지엄하신 신의 명령을 반드시 따라야 한다면 어느 것을 버리고, 어느 것을 선택해야 할까?

귀로 듣지 못하고 사는 것은 극장에서 무성영화를 보는 것과 같다. 주고받는 대화와 주변 소리를 들을 수 없음으로 전개되는 영상만을 보면서 상상의 날개를 펼쳐야 한다. 웃고 있는 모습을 보면서 왜 웃고 있는지, 슬픈 표정을 보면서도 왜 슬퍼하는지 아는데 한계가 있다. 영화 내용을 온전히 이해하지 못하기 때문에 감동이 없고 영화와 관련된 대화를 나누기도 어려울 것이다.

눈이 보이지 않으면 계절에 따라 변하는 자연의 아름다운 경치뿐만 아니라 사랑하는 가족의 얼굴도 볼 수 없다. 거리를 마음 놓고 다니기 어려운 불편함도 감수해야 한다. 귀에 의존하여 세상과 소통하는 노력을 한다 해도 단절된 벽이 높다는 것을 알고 낙담하기 쉽다.

어느 경우든 힘든 상황은 마찬가지이지만 귀가 열려 있는 게 낫지 않을까 생각해 본다. 귀가 열려 있으면 소리를 들을 수 있어 상상의 나래를 펴고 아름다운 음악을 듣기도 하고 대화를 나누며 세상과 어느 정도 소통이 가능하기 때문이다.

파스칼은 '인간은 생각하는 갈대'라고 했다. 자연적인 존재로서의 인간은 연약하지만 생각하는 존재이기에 인간은 위대하는 의미다. 생각하기 위해서는 많이 듣고 잘 들어야 한다.

'귀가 보배'라는 속담이 있다. 많이 배우지 않아도 귀로 많이 듣고 깊이 생각하면 지혜로운 사람이 될 수 있다는 말이다. 옛 어른들이 배움이 부족해도 지식이 풍부하고 지혜로운 판단을 하는 것을 보면 귀가 보배라는 말이 실감이 간다.

유대인 어머니는 자녀들에게 어릴 때부터 잘 듣는 훈련을 시킨다고 한다. 잘 듣는 습관이 신앙생활의 시작이고, 학업과 사회생활에서 성공하는 지름길이기 때문이다.

사고가 깊어지고 지혜로운 생각을 하려면 잘 들어야 한다. 그러므로 귀는 항상 열어 놓아야 한다. 귀는 세상이 마음으로 들어오고 마음이 세상으로 나가는 문이기 때문이다.

귀는 세상을 여는 문이다.

항상 귀를 열고 사는 사람이 있고, 닫고 사는 사람이 있다.

세상은 귀를 크게 열면 커지고, 작게 열면 작아진다.

_____5 구구단을 외우자

면사무소 앞에 구구단을 모집한다는 현수막이 걸렸다.

초등학교 과정에서 필수적으로 암기하던 구구단을 면사무소에서 모집한다는 문구가 호기심을 자극했다. 호기심을 참지 못하고 다음 날 면사무소에 가서 담당 부서를 찾아 구구단이 하는 일이 무엇인지 물어보았다. 일을 하고 싶으면 서류를 접수하라고 한다. 여기는 신청자가 많아서 일자리가 없을 수도 있으니 다른 지역에 가서도 일을 할 수 있느냐고 물어 본다. 가능하다고 했다.

서류를 제출하면서 무슨 일을 하느냐고 재차 질문하니 일하게 되면 연락을 준다는 말만 하고 자기 자리로 돌아간다. 서류를 제출해도 모두 일하는 것이 아니라고 툭 던지고 가는 말 한마디에 은근히 긴장하면서 전화를 기다렸다.

몇 주가 지나서 이웃 면사무소에서 전화가 왔다. 일을 하게 되었으니 시간에 늦지 않게 오라는 통보였다. 무슨 일을 하느냐고 물어보니 오면 알게 된다고 하면서 전화를 끊는다. 일단 일하러 오라니 기분은 좋았다.

설레는 마음으로 집을 나서 시간에 늦지 않게 도착하여 기다렸다. 잠시 후 반장이 와서 출석 체크를 하고 어떤 일을 하는지 자세히 설명해주고 안전에 유의하라고 신신 당부했다. 도로변 쓰레기를 줍는 일이었다. 조를 편성하고 노란 조끼, 장갑과 마스크, 쓰레기 줍는 찍개와 쓰레기 담는 비닐 봉투를 나누어 주는 것을 받아 들고 일터로 향했다.

공공근로라는 말에 거부감을 느끼는 사람이 많아서 구구단이라는 이름으로 지원자를 모집했다는 것을 그제야 알게 되었다. 이 일을 해야 하나? 노란 조끼를 입고 도로변 쓰레기를 줍는 사람을 본적은 있지만 내가 이런 일을 해야 한다는 현실을 받아드리기는 쉽지 않았다.

코로나 팬데믹으로 일자리가 줄어들면서 정부에서는 취약 계층을 위한 일자리를 확대하여 운영했다. 몇 개월 일하는 단기 일자리가 대부분이다. 그럼에도 지원자가 많아서 원한다고 모두가 일하는 게 아니라고 한다. 녹록치 않은 경제 상황을 실감했다.

처음에는 구구단이라는 문구가 호기심을 자극했다. 그러나 끝내 면사무소 문턱을 넘는 용기는 코로나 팬데믹으로 집에 머무는 시간이 길어지면서 갑갑하고 나태한 마음에 변화를 주고 싶은 욕구였다.

코로나19가 창궐한지 이 년째 되어 간다. 새로운 변종 바이러스의 출현은 백신 개발로 팬데믹 상황이 종말을 고할 것 같던 기대를 물거품으로 만들었다. 다중 이용시설의 출입이 제한되고 해외여행도 어려워지면서 집콕을 강요하는 미증유의 일이 벌어지고 있다.

전염성이 강한 바이러스로부터 안전하려면 가급적 사람과의 접촉을 줄여야 한다. 혼자 있거나 가족과 함께하는 일이 잦아졌다. 생활반경이 많이 좁아졌다. 매일 반복하는 일상이 답답하고 불안감으로 다가왔다. 한 때는 안정감을 주던 평범한 일상이 왜 그리도 지루하게 여겨지는지 모르겠다. 해가 뜨면 일어나고 배가 고프면 밥을 먹고 밤이 되면 잠을 자던 평범한 일상이 행복이라고 여겼던 지난날이 그리워진다.

단조로운 일상에 권태감이 찾아왔다. 권태감은 무기력한 생활로 이어졌다. 깊어지는 권태감에서 벗어나고 싶었다. 불빛을 향해 달려가는 불나방 같은 열정이 필요했다. 정신이 번쩍 드는 새로운 도전이 필요했다.

'구구단'은 권태감으로 무기력해진 심신을 추슬러 줄 거라는 생각에서 직업은 귀천이 없다는 생각으로 발전했다. 온 몸 구석구석이 깨어나고 영혼이 새로워졌으면 좋겠다.

다시 구구단을 외워 보자. 구구단을 외우던 어린 시절로 돌아가자. 그리고 파란 하늘에 무지개를 그려보자.

단조로운 일상에서 찾아온 권태감,
권태감은 무기력한 생활로 이어졌다.
깊어지는 권태감에서 벗어나고 싶었다.
불빛을 향해 달려가는 불나방 같은 열정이 필요했다.

_____6 비나이다 비나이다

"비나이다. 비나이다. 천지신명께 비나이다." 애타는 마음으로 혼신을 다해 두 손을 비비며 빌던 주문이다.

한 여인이 밤이슬 맞으며 병으로 사경을 헤매는 아들을 살려 달라고 천지신명에게 비는 장면을 오래간만에 보았다. 무료함에 TV 채널을 돌리다가 보게 된 '전설 따라 삼천리'에서 기도하던 그녀의 모습은 성녀였다. 그녀는 동네 입구에 있는 커다란 고목나무 앞에서 허리를 연신 구부리며 주문을 외웠다.

"비나이다. 비나이다. 천지신명께 비옵나니 어렵게 얻은 외동 아들이 사경을 헤매고 있사오니 영험하신 천지신명의 능력으로 제 아들을 살려주십시오."

병으로 고생하거나 자연재해를 당해 절망하게 되면 누군가에게 의지하고 싶은 심정은 인지상정이다. 이러한 두려움과 불안에서 벗어나고 싶은 갈급함이 자연물이나 자연현상에 신 또는 정령이 있다고 믿고 의지하는 마음이 신앙으로 이어져 왔다. 신의 이름도 대부분 없다. 신이 어떤 능력을 어떻게 발휘하는지도 모른다. 단지 그 곳에는 신이 있고 그에게 소원을 빌면 무엇이든지 해결해 줄 것이라는 막연한 기대감이 힘들고 지친 사람들에게 발걸음을 옮기게 했을 것이다.

희망은 자신감을 갖게 하는 원동력이다. 자신감을 회복하면 문제를 해결할 수 있는 생각이 떠오르고 생동감 넘치는 생활을 할 수 있다. 자연물에 초자연적인 능력이 있다고 믿는 신앙의 긍정적인 측면이다.

그러나 희망의 이웃은 불안이다. 이름도 능력도 모르는 신은 야누스의 얼굴을 하고 희망과 두려움을 함께 준비하고 있다. 기도한 것이 뜻대로 되면 다행이다. 그러나 뜻대로 일이 잘 풀리지 않을 때, 그것을 신이 저주한 탓이라고 여기는 순간 이름 없는 신은 공포의 대상이 되어 가슴을 짓누르고 두려움의 존재가 된다.

이름 없는 신을 심정적으로 의존하고 사고 판단의 기준으로 삼는 시간이 길어질수록 그 신은 서서히 자신을 지배하는 우상이 되고 자신은 그의 노예가 된다. 스스로 문제점을 찾고 해결하는 능력은 약해지고 의존성은 커지게 된다. 막연한 신에 대한 믿음은 희망을 주는 길은 짧고 자갈길을 맨발로 걷는 고행 길은 길다.

불확실성이 가득한 오늘날에도 불안감에 시달리는 사람들은 사주나 토정비결, 운세, 궁합, 점성술 등에 의존하기도 한다. 통계청의 자료에 의하면 2017년 기준으로 점술가와 무속인이 100만 명을 넘는다고 한다. 2022년 대통령 선거 기간에도 그들이 풍수가와 함께 거론되는 것을 보면 전통 문화에 스며든 뿌리 깊은 세계관은 현재 진행형이다.

이런 세계관은 운명 결정론에 빠지기 쉽다. 인간의 운명과 행복이 미리 정해져 있다는 운명 결정론은 인간의 근본적인 자유의지를 존중하지 않는다. 팔자소관이라고 인정하기 때문에 스스로 문제를 해결하려는 의지를 약하게 만든다. 자신의 문제를 스스로 생각하고 해결하려는 노력을 포기하면 인간의 존재가치는 반감된다.

1900년 전 후에 한국에 입국한 선교사들이 쓴 기록에 의하면 당시 한양에는 두 집 건너 한 집이 점집이거나 굿하는 집이었다고 한다. 나라가 기울어져 가는 데는 이유가 있었다. 자신의 운명을 스스로 개척하기보다는 점성술에 의존하고 무당의 굿판을 기웃거리는 나약한 국민이 대다수인데 국가가 강할 수는 없는 법이다.

유대인이 믿는 종교의 십계명 제 일은 '너는 나 외에는 다른 신을 두지 말라' 제 이는 '우상을 만들지 말고 그것들을 섬기지 말라'이다. 여호와 외에는 사람이 만든 우상이므로 섬기지 말라는 계명이다.

유대인은 이 계명에서 진실한 신을 섬겨야 한다는 교훈을 얻는다. 그들은 진실한 신과 진실하지 않은 신이 어떤 차이가 있는지 토론한다. 그리고 진실하게 사는 방법이 무엇이고, 어떻게 진실하게 살 것인가를 놓고 치열하게 토론한다. 이러한 신앙생활이 그들의 사고구조를 탁월하게 만들어 세계적인 인재를 배출하는 토대를 만들고 있다.

‘전설 따라 삼천리’에서 기도하던 여인과 유대인이 신을 바라보는 관점의 차이가 개인과 국가의 운명을 좌우할 수 있다는 생각은 나만의 생각일까?

희망의 이웃은 불안이다.

이름도 능력도 모르는 신은 야누스의 얼굴을 하고

희망과 두려움을 준비하고 있다.

기도한 것이 뜻대로 되면 다행이다.

그러나 뜻대로 일이 잘 풀리지 않을 때,

그것을 신이 저주한 탓이라고 여기는 순간

이름 없는 신은 공포의 대상이 되어 가슴을 짓누르고

두려움의 존재가 된다.

_____7 재수 좋은 날

산책을 하다가 길옆 풀숲에서 검은 비닐봉투가 눈에 들어왔다. 얼핏 안을 들여다보니 휴대폰 케이스가 보였다. 휴대폰 케이스를 비닐봉투 안에 넣어 버린 거겠지 하고 발로 슬쩍 밟았다. 딱딱한 물체 감촉이 느껴졌다. 휴대폰 케이스를 열어보니 휴대폰과 만 원권 지폐 몇 장이 들어 있다. 알 수 없는 씨앗이 담겨있는 작은 비닐봉지 두 개와 함께.

어떻게 해야 하나 고민하며 둘레를 살펴보니 생태공원 한 쪽에서 나물 뜯는 할머니가 보였다. 부지런히 걸어가서 할머니에게 혹시 휴대폰 잊어버리지 않았느냐고 물었다. 주머니를 뒤적거리더니 자신의 휴대폰은 주머니에 있다며 보여준다.

파출소에 가서 습득물 신고를 하는 편이 좋을 거 같았다. 지금 휴대폰 주인은 잃어버린 휴대폰을 찾느라고 고생하고 있을지도 모른다. 나는 누군가에게 도움을 주고 보람 있는 일을 하고 있다는 뿌듯한 마음으로 파출소로 갔다.

분실물 신고 접수를 마친 경찰은 휴대폰을 열어 즐겨찾기에서 남편을 찾아 전화를 걸었다. 전화 받는 번호가 아내의 휴대폰이 맞느냐는 경찰의 묻는 말에 남편이라는 사람은 맞는다고 한다. 서너 시간 안에 휴대폰을 찾으러 오겠다는 남편의 얘기를 듣고 경찰은 전화를 끊었다.

좋은 일을 했다는 사실이 뿌듯해서 집에 와서 아내에게 자랑스럽게 말했다. 그런데 아내는 버럭 화를 낸다. 요즘이 어떤 세상인데 주운 물건을 경찰에 신고하느냐고 한심하다는 말투다. 수고했다는 말을 기대했는데 의외의 반응에 어이가 없다.

아내 말인 즉 어떤 사람이 지갑을 주워 파출소에 갖다 줬는데 지갑 주인이 경찰관에게 돈이 부족하다고 해 법정소송까지 갔다고 한다. 결과는 지갑을 주운 사람이 지갑에 있는 돈을 가져가지 않았다는 것을 입증하지 못해 패소하고 결국 지갑 주인의 요구대로 돈을 물어주었다고 한다.

지갑을 주워서 신고한 사람이 불리해 보이는 판결이다. 지갑을 주운 사람이 지갑에서 돈을 빼내지 않았다는 사실을 CCTV에 찍힌 물증이 없다면 어떻게 증명할 수 있겠는가 말이다.

파출소에서 분실물을 주인이 찾아가면 내게 전화하기로 했는데 하루가 지나도 연락이 없다. 혹시 휴대폰 케이스에 돈이 많이 있었는데 부족하다고 계략을 꾸미고 있는 것은 아닌지 마음이 불안하다. 아내 말대로 그 자리에 그대로 두었으면 주인이 찾아갔을 텐데 하는 후회가 밀려온다. 좋은 일을 하고도 웬 마음고생인지 모르겠다.

이틀 후에 파출소에서 전화가 왔다. 휴대폰 주인이 통화를 하고 싶다고 나를 연결해 준다. 할머니였다. 어디서 주웠냐고 물어보고, 고맙다는 인사말을 한다.

좋은 일 한다고 한 일이 소송에 휘말리면 어쩌나 하던 걱정은 기우에 그쳤다. 오히려 휴대폰을 찾아줘서 고맙다는 말을 들었다.

오늘은 참 재수 좋은 날이다.

나는 누군가에게 도움을 주고
보람 있는 일을 하고 있다는
뿌듯한 마음으로 파출소로 갔다.
좋은 일을 했다는 사실이 뿌듯해서
아내에게 자랑스럽게 말했다.
그런데 아내는 버럭 화를 낸다.

_____8 카페 디아트

　겨울 초입이다. 11월 30일 월요일. 하늘은 함박눈이라도 쏟을 기세로 희뿌연 잿빛이다. 계곡 물이 말라 가고 있다. 하천도 겨울이 오고 있음을 알고 있는 게다. 잔잔하게 흐르는 재즈 음악은 손님 없는 카페에 적막감을 달래준다.

　한 주가 시작되는 월요일이어서 그런지 카페는 모두가 내 공간이다. 계곡은 여름철 아이들이 물장구치던 모습을 추억으로 남기고, 잣나무, 참나무, 상수리나무는 떨어진 낙엽을 이불 삼고 차가운 겨울을 기다린다.

　자연은 때를 안다. 때를 따라 반복되는 자연의 순환은 단조롭기 보다는 경이롭다. 어김없는 자연의 변신은 언제나 처음 대하는 낯선 이방인처럼 다가오지만 위로와 희망과 평안을 준다. 조급한 일상을 보고는 잠시 쉬었다 가라하고, 상한 마음으로 낙심하면 미소 띠며 치유의 길을 알려주고, 답답한 현실 앞에 주저앉고 싶을 때 희망의 손을 내민다.

가을에서 겨울로 가는 계절은 나를 돌아보게 한다. 올 한 해 나의 삶은 어떠했는가, 올바른 길을 걸어 왔는가. 게으름 피우지 않고 성실한 자세로 살아 왔는가. 사랑과 감사의 마음으로 사람을 대했는가, 가족의 삶은 잘 돌보았는가,

어둠이 내리기 시작하면서 카페 정원등이 하나 둘 불을 밝히기 시작한다. 밝음이 있기에 어둠이 새롭다. 어둠이 지나면 밝음이 또 찾아오겠지만 어둠은 어둠대로 좋고 밝음은 밝음대로 좋다. 때로는 칠흑같은 어둠이 평안을 준다. 어머니 자궁 속에 있던 안락함이라도 기억함일까.

_____9 새해를 맞으며

한민족은 한국인으로서 공통의 혈통과 문화, 정체성을 공유하거나 공유한다고 생각하는 아시아계 민족이다. 그러나 다른 한 편으로한이 많은 민족이라는 말도 있다. 한을 가슴에 품고 사는 민족이라는말이다. 한을 풀기 위한 한풀이 행사도 민간에서 널리 행해져 왔다.

과거 민족의 아픈 역사와 현실의 불편한 현상을 저주하고 비난하며 우리 민족은 어쩔 수 없다고 자조하는 모습에 화가 나는 연말이다. IT 산업의 발전으로 의사소통의 도구가 다양해지면 개인이 정치에참여하는 직접민주주의가 발전할 것이라고 많은 학자들이 예측했다. 그러나 오히려 정제되지 않은 편향적인 말들이 더 판을 치는 웃지 못할 일이 벌어지고 있다. 마치 악화가 양화를 구축하듯이 객관적이고미래 지향적인 견해는 뒷전으로 밀리고 주관적이며 자극적이고 저주하는 말들이 진실인 것처럼 둔갑하여 진흙탕 세상을 만들고 있다.

어떤 교수가 유리컵에 공기를 없애려면 어떤 방법이 있느냐고 학생들에게 질문을 던졌다. 학생들은 공기 압축기로 빼면 된다는 등 여러 가지 방법을 제시했다. 그러나 교수는 공기 압축기로 공기를 빼면 유리컵이 깨지므로 좋은 방법이 아니라고 말하고 컵에 물을 넣으면 공기는 자연스럽게 빠져나간다고 설명했다.

컵 안에 가득한 한과 저주를 비우려고 애쓸 것이 아니라 컵 안을 진실과 지혜로 채워야 한다. 한과 저주와 비난을 퍼붓는 문화를 후손들에게 물려주는 것은 역사에 죄를 짓는 일이다. 당면한 고난을 극복하는 지혜, 공동체 안에서 상생하는 지혜, 자유로운 분위기를 조성하여 창조성을 발휘하는 지혜 등으로 컵 안을 가득 채워야 한다. 빛이 비취면 어둠이 사라지듯이 컵 속의 한과 저주는 꽁무니를 뺄 것이다.

노인은 지혜의 등불이라는 말이 있다. 노인의 반열에 들어섰으니 지혜의 등불로 살고 있는지 돌아본다. 과거의 경험에 매몰되어 경험을 우상으로 삼고 경험에 종노릇하며 살고 있는 것은 아닌지 성찰하는 시간을 가져 보고 싶다.

글을 쓰기로 결심한 것은 잘한 선택이다. 한과 분노와 저주가 일상화 된 굿판에서 넋을 잃지 않고 성찰의 기회를 가질 수 있기 때문이다.

새해에는 한과 저주와 비난이 난무하는 굿판에서 벗어나 생수의 원천인 옹달샘으로 달려가자. 그리고 생명의 근원인 생수를 정수리에 쏟아 붓자. 영혼이 새롭게 거듭날 때까지,

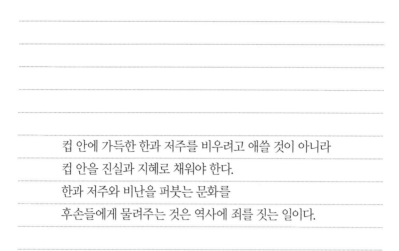

컵 안에 가득한 한과 저주를 비우려고 애쓸 것이 아니라

컵 안을 진실과 지혜로 채워야 한다.

한과 저주와 비난을 퍼붓는 문화를

후손들에게 물려주는 것은 역사에 죄를 짓는 일이다.

5장 그리운 사람들

_____1 감자 꽃 소녀

하얀 감자 꽃을 보면 감자 꽃잎처럼 부드러운 금발의 머리카락을 보낸 소녀 생각이 난다. 고등학교 중퇴 후 고향에서 외롭고 불확실한 미래로 번민하던 시절 용기를 주고 희망을 주었던 소녀였다. 추억 속의 그녀가 감자 꽃과 함께 왔다.

중학교를 졸업하고 서울로 유학을 갔다. 6.8대 1의 경쟁을 뚫고 입학했다는 자부심 보다는 왠지 모를 후회와 공허감으로 허우적대고 있을 때 큰형은 나를 종로로 데리고 갔다. 큰형을 따라 올라간 종로 뒷골목 건물 3층은 펜팔을 알선하는 곳이었다.

사전에 내 생각도 물어보지 않고 불쑥 데리고 와서 펜팔을 해보라는 형이 고맙기도 했지만 영어 실력이 형편없던 터라 걱정이 앞섰다. 담당자는 내 나이에 적당한 몇 명의 이름과 주소를 보여주었다. 얼떨

결에 선택한 펜팔 상대는 미국 사우스캐롤라이나 주에 거주하는 S라는 고 1에 재학 중인 여학생이었다.

중학교 시절 영어 실력이 뛰어났던 것도 아니고 영어 작문을 해 본 경험도 없었다. 무엇인가 써야 한다는 압박감에 다양한 문장을 반복해서 만들어 보았다. 문법에 맞는 글인지 알 수도 없었다. 사전을 찾아 가면서 나를 소개하는 글과 펜팔 친구가 되어 반갑다는 글을 써서 열흘 만에 편지를 보냈다. 미국에 편지가 가고 오는 데 2주 정도 기간이 필요한 시기였으므로 한 달 후에는 답장을 받을 수 있겠다는 기대감과 편지 글이 형편없어 답장을 보내지 않을 것이라는 불안한 마음으로 하루하루를 보냈다.

애타게 기다리던 답장이 왔다. 글씨가 예쁘다는 칭찬에 어깨가 으쓱해졌다. 영어 필기체 소문자로 편지를 써서 보냈는데 S는 인쇄체 소문자로 답장을 보내 왔다. 아마도 인쇄체 소문자에 익숙한 S가 동방의 작은 나라 소년이 쓴 필기체 소문자가 친근감 있게 다가온 모양이었다.

중요한 것은 내가 쓴 영어 문장을 S가 이해한다는 점이었다. 문장이 잘못되었어도 탓하지 않고 내가 쓴 글의 내용에 맞게 꼬박꼬박 답장을 해주는 그 소녀가 너무나 예뻐 보였다.

그 해 가을 일 년을 채우지 못하고 책을 주섬주섬 챙겨 고향으로 돌아가는 고속버스를 탔다. 큰형이 하던 일이 어려워지면서 학업을 계속할 수 없어서였다. 청주에서 내려 두 번 버스를 갈아타고 작은 고향 마을 품에 다시 안겼다.

일곱 가구가 사는 마을은 개가 짓는 소리도 반가울 정도로 한적하고 조용했다. 낮에는 새소리와 바람 부는 소리가 밤에는 총총한 수많은 별들이 외로움을 달래 주었다.

S는 마음속으로 대화하며 고독을 달래주는 상대가 되었다. 지난 크리스마스에는 카드를 주고받기도 하면서 서로 이해의 폭을 넓혀가고 있었다. 자전거를 타고 편지를 배달하는 집배원 아저씨는 영어로 주소가 쓰여 있는 편지를 전하면서 나를 몇 번이나 쳐다보며 대견하다는 듯 웃곤 했다.

텃밭에는 해마다 감자를 심었다. 텃밭에 하얀 감자 꽃이 피었을 때였다. 집배원 아저씨는 마당까지 자전거를 타고 들어와서 씩 웃으며 나에게 편지를 전했다. 평상시 보다 두툼한 국제 우편물에 아저씨도 무언가 좋은 예감을 갖고 있었던 것 같다.

나는 잔뜩 긴장감을 갖고 황급하게 편지 봉투를 뜯었다. 편지와 함께 사진과 스카치테이프로 감싼 머리카락이 들어있었다. 일층 목조 건물 앞 계단에서 두 다리를 포개고 앉아 있는 모습을 찍은 컬러사진이었다. 그 소녀는 금발의 단발머리를 하고 통통한 얼굴로 환하게 미소 짓고 있었다. 편지에는 긴 머리를 자른 기념으로 머리카락과 사진을 보낸다는 사연이 적혀 있었다.

나는 한참 동안 그녀의 금발을 만지작거렸다. 금발의 머리카락은 실처럼 가늘고 새털처럼 부드러웠다. 머리카락에 뿌린 향수 냄새는 십 팔세 소년에겐 감당하기 어려운 유혹이었다. 내 머리카락을 만져 보았다. 굵고 뻣뻣한 촉감과 너무나도 비교되는 부드러움이었다.

책조차 구입하기 힘든 궁핍함에도 공부의 끈을 놓지 않을 수 있었던 것은 S와 주고받은 편지가 큰 힘이 되었다. 미국과 관련된 뉴스와 책을 챙겨보게 되면서 미국에 대한 호기심도 커져만 갔다. 미국에 유학을 가고 싶다는 말에 언제 올 것 같으냐고 물어보는 답장이 왔다. 어떻게 말해줘야 하나 고민하다가 시간이 흘렀다. 그 후 S는 추억 속의 소녀가 되었다.

감자 꽃이 나오기 시작했다. 감자 꽃은 이제 감자를 캐서 먹을 시기가 가까워졌음을 알려주는 전령이다. 궁핍하던 시절 감자 꽃은 배고픔을 이겨낼 희망의 천사였다. S는 방황하던 나에게 희망과 용기를 준 천사였다. 그녀는 나에게 감자 꽃 소녀였다.

편지가 유일한 소통수단이었다.

편지를 받고 바로 답장을 보내면

한 달에 한 번정도 편지를 주고받을 수 있었다.

편지를 기다리던 기다림이 새삼 그리워진다.

＿＿＿＿＿2 보고 싶은 친구에게

카페 창밖으로 보이는 한강은 하얀 눈으로 뒤덮였다. 차가운 겨울 바람에 얼음 위 하얀 눈이 눈가루 되어 허공을 맴돈다. 불현듯 친구에 대한 생각이 마음 깊은 곳에서 회오리친다.

성호는 초등학교 6학년 때 같은 반 친구로 처음 알게 되었다. 그는 반에서 줄곧 1등을 놓치지 않을 만큼 열심히 공부했고 성실한 모범생이었다. 성호의 누나는 계란 프라이가 들어간 정성이 듬뿍 담긴 도시락을 점심식사 시간이면 어김없이 친구에게 주고 갔다. 공부 잘하고 맛있는 점심밥을 먹는 그는 모두에게 부러움의 대상이었다.

우리는 고등학교를 가려면 시험을 치루는 마지막 세대였다. 나는 서울 소재 고등학교에 응시하였고 높은 경쟁률이었지만 합격하는 기쁨을 누렸다. 그러나 기쁨도 잠시 갈수록 가정형편이 어려워지고 건강도 안 좋아져서 학업을 중단하고 고향으로 내려가야만 했다.

소식도 모르고 지내던 성호와의 만남은 전혀 예상하지 못한 곳에서 이루어졌다. 고졸학력 인정 검정고시 시험장에서 쉬는 시간에 우연히 복도에서 마주친 것이다. 초등학교 졸업 후 몇 년 만에 친구 얼굴을 보니 무척 반가웠다. 초등학교 시절에 그토록 부러워했던 그를 같은 시험장에서 같은 처지로 만나니 더욱 친근감이 갔다. 공부도 잘하면서 밝은 성격을 지니고 있었던 친구의 모습은 예전과 변함이 없었다.

성호는 중학교를 졸업하고 가정 형편이 어려워 고등학교 진학을 하지 못하고 서울에 거주하는 누나 집에서 직장을 다니다가 사고를 당했다고 한다. 그 후 검정고시를 준비하던 그는 나와 같은 날 같은 장소에서 시험을 치르다가 운명적인 만남이 이루어진 것이다.

그러나, 이제는 보고 싶은 친구에게 전화를 걸지만 그에게 거는 전화는 언제나 부재중이다. 그래서 난 친구에게 편지를 쓴다. 저 회오리바람에 날려 내 마음의 편지가 그에게 전해지기를 간절히 바라면서 말이다.

보고 싶은 성호에게

너는 내가 대학에 합격한 것을 진심으로 축하해 주었어. 마치 네가 합격한 것처럼 말이야. 대학은 합격했지만 거처할 곳도 마땅치 않고 생활비 문제로 고민하던 나에게 너는 작은 방을 마련하여 함께 기거할 수 있도록 배려도 해 주었지.

너도 직장을 잡지 않은 상태여서 우리는 중학생을 모집해서 영어와 수학을 함께 가르치기도 했지. 한 때는 인근 초등학교에 가서 편을 나누어 축구 시합을 할 정도로 아이들이 많은 적도 있었어. 하지만 5공화국 정권이 들어서면서 과외를 금지시키는 바람에 1년 반 만에 접어야 했지만 말이야.

어떻게 뭘 해서 먹으며 지냈는지 기억나니. 나는 여름에는 연탄불에 라면을 자주 끓여 먹었던 것 같고, 밥이 있으면 오이, 고추, 마늘을 고추장에 찍어서 먹었던 기억이 난다. 굶지는 않고 지낸 거 같아. 무엇을 해서 먹으며 지냈는지 다 기억은 나지 않지만 아마도 하루 세끼는 꼬박꼬박 챙겨 먹었을 거야. 난 배고픈 것을 참지 못하는 성격이었잖아.

어느 날 너는 동해안에서 군복무를 하던 나에게 면회 와서 중장비를 배워 자리를 잡고 결혼했다고 근황을 전해주었지. 새로운 삶을 시작하던 너는 그때 생기가 있었고 자신감 넘치고 행복해 보였어.

그러곤 군복무를 마치고 대기업에 입사했지만 적성에 맞지 않아 퇴사한 후 방황하고 있을 때, 너는 아주 슬프고 끔찍한 소식을 아무 일도 아니란 듯이 나에게 알려주었어. 췌장암에 걸렸다고 말이야.

오래 살기 어렵다는 것을 알면서도 나를 반갑게 맞이하던 너의 모습은 의연하고 담담했어. 환자인 너를 걱정하던 나를 오히려 걱정해주던 너의 얼굴은 평온했고 모든 것을 초월한 초인의 모습이었지.

난 네가 하늘나라 사람이 되었다는 전화를 네 동생으로부터 받았어. 그 때 나는 목 놓아 울지 못했어. 너에게 진 마음의 빚이 무거워서

울지 못했고, 내 마음에서 너를 떠나보내고 싶지 않아서 울 수 없었단
다.

지금 너에게 편지를 쓰는 건 네가 보고 싶어서야. 정말 사무치게
보고 싶다. 정이 많았던 너는 나를 많이 챙겨주고 배려해 주었지. 고
등학교에 들어가면서 부터 늘 조급하고 초조하게 지내왔던 나는 이제
야 평정심을 되찾고 여유로운 마음으로 세상을 바라보게 되었단다.

이따금씩 지긋이 눈감고 돌아보는 인생의 뒤안길에서 너는 홀연히
나타나 나를 끌어안고 방황했던 청춘의 길로 다시 돌아가자고 속삭
인다. 친구야, 나도 힘들었지만 마음만은 따뜻했던 우리의 젊은 날로
돌아가고 싶구나.

나는 지금 홀로 카페에 앉아 바람에 날리는 눈가루 속에서 환한
미소 지으며 달음박질 하는 너의 환영을 본다. 술을 즐기던 너에게 술
한 잔 권하고 싶은데 너는 잡히지 않으니 어이하면 좋겠니. 너에게서
받은 사랑을, 너를 보고 싶은 마음을 무수한 별 중에서 하나를 찾아
'밝고 푸른 별'이라고 이름 짓고, 내 마음을 듬뿍 담아 술 한 잔을 권
한다.

보고 싶다, 친구야.

인생의 뒤안길에서 홀연히 나타난 너는
방황하던 청춘의 길로 돌아가자고 속삭인다.
나도 힘들었지만 마음만은 따뜻했던
우리의 젊은 날로 돌아가고 싶다.

_____3 나는 미련퉁이

어릴 적 우리 동네는 작은 마을이지만 또래 아이들은 십여 명이 넘었다. 어느 겨울 오후 거지 두 명이 집집마다 밥 동냥을 다녔다. 자주 보던 광경이었지만 그날 우리는 거지 뒤를 쫓아 다녔다. 거지 한 명이 뒤를 휙 돌아보면서 말했다.

"이 동네는 애새끼 공장인가 애들이 왜 이렇게 많아?"하고 투덜거리는 말에 우리는 박장대소 했다.

이처럼 철없던 동네 아이들이 겨울이면 수확이 끝난 논에 물을 대고 얼음판을 만들었다. 초등학교 시절 얼음판은 우리들의 천국이었다. 외발 썰매와 두발 썰매를 신나게 지치면서 얼음판에 엉덩방아를 찧기 일쑤였다. 그럼에도 일찍 서산을 넘는 겨울 해가 아쉬울 뿐이었다.

썰매를 지치면 손과 발이 시릴 때가 많았다. 그래서 논두렁 한 옆에는 모닥불을 피워놓고 수시로 불을 쬐면서 꽁꽁 언 손발을 녹여야 했다. 발바닥은 손바닥 보다 둔감했다. 발을 불에 쬐다가 아차 하는 순간 나일론 양말 바닥에 구멍이 났다. 집에 가서 엄마한테 혼날 생각에 가슴이 철렁했다. 발바닥 군은살이 두꺼워 뜨거움을 눈치 채지 못한 내 발은 미련퉁이라고 죄 없는 발을 원망했다.

어느 날 밭일을 마치고 우물가에서 발을 씻는 어머니 발을 보았다. 발바닥이 두껍고 여러 갈래로 갈라진 모습이 거북이 등과 흡사했다. 부엌과 들에서 잠시도 쉬지 않고 일하시며 생긴 물증이리라.

밭일은 어머니 몫이다. 어머니 일은 끝이 없다. 고구마와 고추, 참깨 등의 농작물을 심고 가꾸는 밭일은 쉬는 날이 없다. 밭일을 마치고 집에 오면 점심과 저녁을 준비해야한다. 어머니 발바닥에 그려진 거북이 등은 잠시도 쉴 틈이 없는 발이 무언의 항의로 그려놓은 것인지도 모르겠다.

어렵고 힘든 일이 있어도 가족에게 힘든 모습을 드러내지 않으시던 어머니, 혼자 감당하느라 마음속은 얼마나 고되고 힘들었을까. 가족과 이웃에게도 늘 넉넉한 마음으로 대하시던 모습이 아른거린다. 어머니는 몸과 마음이 고달프고 힘들어도 내색하지 않고 참고 견디며 살아왔음을 이제야 알게 된다. 그러고 보면 내 발이 미련퉁이가 아니라 이제야 어머니의 참모습을 깨닫는 내가 미련퉁이다.

어머니가 그리워진다. 내 발처럼 낮은 곳에서 가족을 위해 희생하면서도 드러내지 않고 자리를 지키시던 어머니, 내가 가고자 하는 곳은 어디든지 발걸음을 옮기는 내 발처럼 내가 가는 길은 어떤 길이든지 응원해 주시던 어머니가 그리워진다.

발을 씻으며 발을 생각한다. 언제나 나와 함께 동고동락한 발에게 고맙다는 말로 위로해준다. 언제나 나와 동고동락하는 발처럼 어머니도 항상 내 옆에 계실 줄 알았다. 어머니에게도 고맙고 감사하다는 말을 하고 싶지만 그 분은 아니 계시니 멍하니 하늘만 올려다본다.

발바닥 굳은살이 두꺼워 양말이 타는 것도 눈치 채지 못한 내 발은
미련퉁이라고 죄 없는 발을 원망했다.

어머니는 몸과 마음이 고달프고 힘들어도 내색하지 않고 참고 견디며
살아왔음을 이제야 알게 된다.

그리고 보면 내 발이 미련퉁이가 아니라 이제야 힘들었던
어머니의 삶을 깨닫는 내가 미련퉁이다.

_____4 아버지

아버지(1)

하얀 머리 짧게 하시고 회갑 상 받으시던 아버지
자녀들이 절하며 만수무강을 빌었습니다.

물 댄 논에 만들어진 빙판에서
썰매 지치던 내 등을 밀어 주시던 아버지
얼른 훌쩍 커서 아버지께 웃음 드리자고 다짐했지요.

가뭄 들어 모래밭에 심어 놓은 고추 비실거리면,
양동이로 개울물 퍼다 해갈시키고 바라보는 저녁노을에
붉은 고추밭을 지나는 누런 송아지가 보였습니다.

모내기 준비하시던 아버지
허리가 아프셨는지 저에게 논두렁을 다듬으라고 하셨지요.
물에 젖은 논흙은 끈적거리고 무척 무거웠습니다.
육남매를 짊어진 아버지 삶도 그러셨겠지요.

막차를 타고 내린 날 별빛 의지해 사립문 들어서며
"아버지" 하고 부르면 "왜 이리 늦었니" 하며
방문을 여시던 아버지 그 말 한 마디에
눈가에 이슬 맺히던 그날이 그립습니다.

아버지(2)

아흔 둘이 되시더니 눈이 더 밝아지셨어요.
머리가 더벅머리니 이발 좀 하자고 하셨지요.
미용사 깎은 머리 보시고 시원하다 하셨어요.

아흔 둘이 되신 어느 날
목욕 좀 하자고 하시기에 목욕탕 욕조에 따뜻한 물 받아놓고
처음으로 안아보는 아버지는 새털처럼 가벼웠어요,

이발하고 목욕하신 아버지는 세상을 초월한 신선이셨어요.
흰머리에서는 윤기가 흐르고 얼굴에서는 선한 빛이 쏟아져 나왔지요.
그러곤 먼 길 가벼운 몸으로 가시려는지 곡기를 끊기 시작하신 아버지,
사랑합니다.

6장 고전 비틀기

_____1 놀부의 변론

    나 놀부올시다. 동생 흥부에게 박절하게 대하고, 심술과 욕심 많고, 제비가 물어다 준 박씨를 심었다가 쫄딱 망했다고 많은 사람들이 알고 있는 놀부라고요.

    그 동안 참아왔던 억울함을 토로하고 싶어 펜을 들기로 했습니다. 나는 조선 후기 임진왜란과 병자호란 이후 정치, 사회, 경제가 급격하게 변하던 시대에 살았던 사람이지요. 사람은 그 시대에 맞게 적응하며 사는 법이라고 하더군요. 나 역시 주변 사람들 하는 대로 따라서 살려고 노력했다고 자부하고 싶어요. 하지만 세상 사람들이 알고 있는 놀부는 실제 놀부의 모습과는 판이하게 다르더군요. 먼저 부모의 재산을 나 혼자 다 갖고 동생 흥부에게는 전혀 주지 않았다는 얘기부터 하고 싶네요.

고려 시대부터 부모의 재산은 남녀 형제가 똑같이 나누어 상속해 왔어요. 그런데 전란 이후 정치와 농업 분야에서 시작된 변화는 사회 여러 부분에도 변화의 바람을 몰고 왔지요. 그 때부터 형제간에 균분 상속하던 전통도 큰아들에게 모두 상속하는 적장자 단독 상속이라 는 방식으로 변하기 시작했지요.

벼농사에서 모내기법이 보급되어 쌀의 생산량이 크게 증가하고, 인삼 마늘 채소와 같은 상업 작물을 재배하여 돈을 번 사람들이 주 변에서 하나 둘 나타나기 시작하던 시기입니다, 그들은 돈을 주고 납 속하거나 향직을 매매하여 하루아침에 상놈에서 양반으로 신분상승 하기 시작 했어요, 그들은 거들먹거리며 목에 힘주고 가난한 양반을 깔보기 시작했단 말입니다. 내 앞에서 굽실거리던 상놈들이 언제부 터 양반되었다고 아니꼽게도 시건방을 떠는 말세가 되었다니까요.

그래서 기존에 양반이었던 우리는 큰 아들에게 부모의 재산을 물 려주고 동생들이 분가하면 재산의 일부를 나누어 주자는 데 공감했 지요. 졸부에서 하루아침에 양반이 된 자들로부터 동생들이 괄시를 받지 않으려면 맏형이 바람막이 역할을 하고 조상의 제사를 모셔야 하므로 동생들 보다 재산을 더 갖는 것은 당연하다고 생각하게 되더 군요. 나도 흥부와 재산을 동등하게 나누면 돈으로 양반이 된 신향 들에게 놀림감이 될 수밖에 없었어요. 그래서 내가 조금 더 많이 갖 고 흥부에게도 먹고 살만큼은 주었단 말입니다. 형인 내가 먹고 살만 해야 내 얼굴 보고 동생을 깔보는 자들이 없을 거 아니냐 말이요.

그런데 왜 흥부가 끼니 걱정을 하며 어렵게 사느냐고 반문하는 사람들이 많더구먼요. 자식이 12명에 흥부 부부까지 하면 식솔이 14명이나 됩니다. 그 많은 식구가 먹고 살려면 나누어 준 땅에서 나오는 소출만 갖고서는 어렵다는 것을 난들 모르지는 않아요. 그렇다고 내 땅을 흥부에게 떼어주면 우리 집안 전체가 신향들에게 무시를 당하기에 어쩔 수 없었던 거지요. 양반집 가문의 체통은 지켜야 할 거 아니냐구요.

흥부는 12명의 자녀를 먹여 살리기 위해 온갖 궂은일을 해도 가족은 굶기를 밥 먹듯이 했다고 하더군요. 그런데 사람들은 이것을 내가 욕심이 많아서 그렇다고 나를 욕하더구먼요. 자녀가 12명이라고 하던데 말입니다. 평균 두 살 터울이라고 하면 스무 살 전후의 자녀가 서너 명은 되겠네요. 그처럼 다 큰 자식들도 무위도식하며 애비가 벌어 온 돈으로 호구직책을 삼고 있다는 말이잖아요. 그렇다면 놀부가 욕심이 많으니 어쩌니 하지 마시고 자식교육 제대로 못시킨 흥부에게 너 왜 그렇게 사느냐고 한 마디 해 주는 게 맞는 이치 아닐까요.

놀부는 심술이 많다고 소문이 자자합디다. 아이 밴 여자 걷어차고, 똥 누는 놈 주저앉히고, 불난데 부채질 하는 심술보가 있어 오장 육부가 아니라 오장 칠부를 갖고 있다고 말입니다. 양반 가문의 멀쩡한 사람을 왕따 시키고 이처럼 아주 못된 인간으로 낙인찍는 어른들의 행태는 도를 너머도 한참 넘는 어른들의 수치라는 생각이 드네요. 아이들이 무엇을 보고 배우겠어요. 정말이지 이건 아이들에게 나쁜 모습을 보여주는 어른들의 수치라고 볼 수밖에 없어요. 자신의 자녀들이 친구들로부터 왕따를 당하고 모욕을 받았을 때 자녀가 얼마나 큰 상처를 받게 되는지 한 번 쯤 생각해 보았는지 궁금하네요.

욕심 많고, 심술궂고, 얄밉다고 생각하던 놀부를 파멸시킨 것은 제비더군요. 흥부는 제비가 물고 온 박씨 덕분에 부자가 되고 놀부는 박씨로 인해 흥부에게 구걸하는 신세가 됩니다. 흥부의 인생역전은 제비가 물고 온 박씨가 아니라 성년이 된 자녀들과 그 시대 성공 아이템을 찾아 자수성가하는 모습이 좋지 않았을까요. 상업적 농업과 함께 수공업도 발전하여 부를 축적한 사람이 많은 시기였는데 로또 당첨 확률보다도 못한 제비가 물고 온 박씨라니요. 아이들에게 꿈을 심어주는 얘기가 아니라 오히려 헛된 꿈을 꾸게 만드는 것은 아닌지 걱정이 됩니다.

이제라도 속상했던 마음을 풀어 놓으니 후련하네요. 부모의 재산을 자녀에게 똑같이 나누어 주다가 맏아들에게 대부분의 재산을 물려주는 상속이 서민들에게는 화나게 하는 일이었겠지요. 맏형에게 재산을 적게 상속받아 가난하게 사는 동생들의 모습을 보면서 동변상련의 감정을 갖게 되었으리라고 봐요. 몸서리치는 가난과 관가의 수탈과 핍박에 지친 백성들은 분풀이 대상이 필요하였을 것이고요. 이해합니다. 나에게 분풀이라도 해서 잠시나마 위안이 되었다면 다행이라고 생각하겠습니다.

친구들로부터 왕따를 당하고 모욕을 받아서
큰 상처를 받고 고통스러워하는
자녀를 생각해본 적이 있는가?

_____2 청이의 고뇌

예닐곱 살부터 아버지 손을 잡고 이 집 저 집 다니면서 끼니를 해결했다. 언제 잡아도 아버지 손은 따스했다. 바람 부는 추운 겨울 날 손이 시려워 아버지 손을 꼬옥 잡으면 아버지는 내 손을 감싸고 보듬어 주셨다.

별이 쏟아지는 겨울밤에 집으로 돌아가면서 아버지께 엄마는 어떤 분이셨는지 물어 보았다. 오늘 귀덕이가 엄마와 다정하게 얘기를 나누는 모습이 너무나 부러워 가슴이 저려왔기 때문이다. 전에도 귀덕이 어머니를 보면서 나도 엄마가 있었으면 하는 마음이 간절해서 아버지에게 엄마는 어떤 분이셨는지 물어보고 싶었지만 차일피일 미루고 있었다. 어렵게 용기를 내어 물어보았지만 아버지는 대답 대신 하늘을 쳐다보며 한숨을 쉬신다. 내 손을 의지하여 걷는 분이 하늘을 쳐다보시는 것은 아마도 엄마는 별이 되어 우리를 보고 있을 거라고 생각하시는 모양이다.

아궁이에 불을 피우고 방으로 들어가니 아버지는 더듬거리시며 내손을 찾으신다. 아버지 손을 잡으니 아버지는 "청아, 엄마 많이 보고싶지"하고 물어보신다. 나는 눈물이 왈칵 쏟아지고 울음을 터트릴 것같았지만 꾹 참고 흐느끼며 "예, 엄마가 그리울 때가 많아요."라고 대답했다.

"네 어미는 현모양처 중의 현모양처였단다. 남편이 봉사였지만 남편 시중들기를 게을리 하지 않았고 동네 일도 내 일처럼 거들어서 마을 사람들 칭찬이 자자했단다. 너와 내가 이집 저집을 돌아다니면서 밥을 얻어먹는 것도 다 네 어미가 뿌린 덕행 덕분이란다. 네 어미가 너를 낳고 신독으로 일주일 만에 저세상으로 가는 바람에 너는 젖동냥으로 자랐어. 마침 귀덕 어미가 귀덕이를 낳고 너에게 젖을 물려주는 덕분에 너는 병치레하지 않고 잘 자랄 수 있었단다."아버지 얘기를 듣고 나니 먼저 하늘로 가신 엄마가 더 그리워지고 보고 싶어졌다. 밤새 잠을 이루지 못하고 뒤척이다가 보니 새벽닭 우는 소리가 들렸다.

열 살이 넘으면서 빨래와 바느질이 익숙해졌다. 삶아서 빨아야 하는 옷과 흐르는 물에 빨아도 되는 옷을 구분할 줄 알고 아버지 저고리 동정도 맵시 있게 달아드렸다. 동네잔치가 열리는 날은 서둘러 아버지를 모시고 가서 음식을 챙겨드린 후 동네 아주머니들의 일손을 도와드리며 음식 만드는 법을 배웠다.

바느질 솜씨와 음식 만드는 재주를 동네 사람들이 인정해 주면서 일을 시키고 품삯을 챙겨주는 집이 늘어갔다. 갈수록 아버지 손을 잡고 다니면서 끼니를 해결하는 일보다 혼자 나가서 일하고 품삯을 받아 집으로 돌아오는 날이 더 많아졌다.

귀덕이 아버지가 옆 동네 총각과 귀덕이 혼사 날짜를 잡았다. 어려서부터 마음을 의지했던 친구가 시집을 간다니 좋으면서도 부럽고 허전하다. 나는 어떤 총각과 인연을 맺게 될까. 나와 혼인하자는 남자가 있기나 할까. 내가 시집을 가면 아버지는 누가 있어 뒤를 돌보아 드릴까. 애고, 강남 갔다 돌아온 제비도 짝이 있건만 나는 누구와 더불어 한평생을 살아야 하는고.

장 승상 댁 부인이 하인을 보내 나를 찾는다고 한다. 뵙고 인사를 드리니 부인의 수양딸이 되었으면 좋겠다고 한다. 인자하시고 후덕한 부인의 마음은 고맙지만 청을 받아드릴 수는 없었다. 혈혈단신인 아버지 조석을 챙겨드려야 하고 내 손이 없으면 거동하기 어려운 아버지를 두고 나 잘 살자고 수양딸로 들어갈 수는 없는 노릇이다.

집으로 돌아오니 아버지가 방바닥을 두드리며 울고 계신다. "내 이를 어쩔꼬. 지키지도 못할 약속을 하고 말았으니 내 죄를 어찌한단 말이냐."하며 대성통곡하고 계신다. "아버지, 누구와 무슨 약속을 하셨기에 그렇게 섧게 울고 계세요." "청아 내 말 좀 들어 보거라. 글쎄, 앞 개천을 건너다가 물에 빠져 허우적거리는 데 지나가던 중이 와서 건져주며 하는 말이 공양미 삼백 석을 부처님께 드리면 불공을 드려 눈을 뜨게 해준다는 말에 공양미 삼백 석을 바치겠다고 지키지도 못할 약속을 하고 왔지 뭐냐."

아버지가 얼마나 갑갑하셨으면 스님과 그러한 약속을 하셨을까. 불공을 드리면 정말로 아버지가 눈을 뜰 수 있는 것일까. 스님은 왜 대가를 받고 선을 베풀어야 하는 것인가. 장님을 면하는 대가치고는 너무 비싼 것이 아닌가. 도저히 감당하지 못할 금액이다. 차라리 새벽 일찍이 일어나 정안수를 떠놓고 아버지 눈을 뜨게 해주십사고 지성으로 천지신명께 빌기라도 해봐야겠다.

중국을 오가며 장사하는 상인들이 용왕에게 제물로 바칠 열다섯 살 된 소녀를 비싼 값에 산다는 이야기를 들었다.

내 나이 열다섯이니 그들에게 나를 데려가라고 할까. 그런데 내가 죽고 아버지가 눈을 뜨시면 아버지는 누굴 의지하며 살아야 하나. 딸을 저승으로 보내고 맘 편히 사실 수 있을까. 부모 보다 자식이 먼저 죽으면 불효라고 하는데 내가 인당수에 몸을 던지는 일이 과연 효도하는 일일까. 나는 나다운 삶을 제대로 살아보지도 못하고 끝내는 것이 내 운명이란 말인가. 앞길이 구만리 같은 내 인생을 던지면 사람들은 효성이 지극하다고 칭송하겠지만 나에게 그것은 얼마나 허망한 일인가.

그러나 아버지가 스님에게 공양미 삼백 석을 드리기로 약속을 한 후 곧이어 중국 상인이 제물로 바칠 소녀를 산다는 일이 벌어짐은 무슨 운명의 장난이란 말인가. 이런 상황을 운명으로 받아드려야 하는 것인지 아니면 지금 가고 있는 길을 계속 가야 하는 것인지 참으로 심란한 밤이다. 괴롭고 번잡한 생각은 새벽닭 우는소리에도 끝날 줄을 모른다.

이제 내 나이 꽃다운 열다섯, 아직 더 살고 싶고, 더 살아 보고 싶은 미래가 있지만 운명은 나를 인당수로 끌고 간다.

파도가 하얀 거품을 물고 부서진다. 안개는 자욱하고 큰 파도가 배를 덮치니 배는 이리 기우뚱 저리 기우뚱 갈피를 잡지 못한다. 산더미 같은 파도가 뱃머리를 때리니 공포에 사로잡힌 선원들은 고사 준비를 서두른다.

갑판 위로 쏟아져 들어온 바닷물이 발을 적신다. 개천에 빠져 허우적대시던 아버지 얼굴이 떠오른다. 아버지가 눈을 뜨시면 개천을 무탈하게 건너며 평안하시기를 간구하지만 열다섯 나이에 인당수에 몸을 던지는 내 마음은 애달프기 한이 없다.

배가 파도에 중심을 잃고 흔들릴수록 북과 꽹과리 소리는 더 요란해진다. 바닷물에 젖은 치마를 끌어올려 얼굴을 가리고 눈을 꼬옥 감았다. 하얀 소복을 곱게 차려입은 여인이 나타나 "청아, 네 에미다." 하며 어서 오라고 손짓을 한다. 북과 꽹과리 소리가 더욱 커지며 지축을 흔들 때에 내 몸은 공중으로 뛰어 올랐다.

예닐곱 살부터 아버지 손을 잡고
이 집 저 집 다니면서 끼니를 해결했다.
청이가 잡은 아버지 손은 언제 잡아도 따스했다.